미인도

미인도

전아리 소설

차례

1

새벽 두시. 어두운 거리에 문을 연 곳이라고는 24시 해장국집뿐이다. 가게 안의 손님은 세 팀이다. 입구에서 가까운 테이블에서는 인쇄소에서 야근을 하는 직원들이 뼈다귀해장국에 밥을 말아 먹고, 그 뒤편으로 근처 단란주점에서 일찍 퇴근한 아가씨들이 술국에 소주를 마신다. 구석진 자리에서는 방금 들어온 노인이 중풍 기운으로 손을 떨며 선지해장국을 천천히 떠먹고 있다. 가게 주인 김 노인은 부채질을 하며 텔레비전을 본다. 어제 발생한 의문의 사망 사건은 완벽히 김 노인의 취향이었다. 사건의 발단은 이러했다. 백주대낮 상왕십리의 사거리 앞에서 비쩍 여윈 노인이 숨을 거두었다. 목격자에 의하면 지하철 2번 출구의 계단을 올라 하늘을 한 번 올려다보고는 그대로 눈을 뒤집으며 쓰러졌다고 했다. 목격자는 죽은 노인이 마지막 호흡 한 줄기를 끊어내기 전 입술을 부르르 떨며 무슨 말인가를 중얼거렸다고 했다.

"잘은 모르겠는데……. '미인도'라고 했던 거 같아요."

머리를 갸웃거리며 말하는 목격자의 인터뷰 화면은 어제부터 지겹도록 되풀이되고 있다. 그저 백발노인이 급사한 사건이라면 뉴스거리도 못 되었을 것이다. 김 노인만 해도 화장실에서 볼일을 보고 나오거나 국그릇을 나르다가 정수리를 얻어맞은 듯 아뜩한 어지럼증을 느끼며 주저앉은 적이 한두 번이 아니었다.

"재수 없는 놈은 욕탕에서 뻘거벗고 목욕허다가도 가고, 똥지린 빤스 비벼 빨다가두 고꾸라져 가구 허는 거지. 그런 거 갖고는 급살을 맞았다고 허는 거 아녀. 그래두 길 가다가 쓰러졌다니 점잖게 간 편이구먼."

그러나 세간을 떠들썩하게 하며 문제가 된 것은 그 노인의 신원이었다. 노인의 바지 뒷주머니에 꽂혀 있던 지갑에서 1986년생 남자의 주민등록증이 발견되었다. 지갑 속에는 그

외에도 대학교 학생 식당의 날짜 지난 식권과 노래방 마일리지 카드 등이 꽂혀 있었다. 지갑의 주인인 남학생은 일주일 전의 날짜로 실종신고가 접수되어 있는 Y대학 건축학과 재학생 황종민이었다. 죽은 노인이 남학생의 실종과 연관이 있을 거라 예상하고 지문 감식을 한 결과 믿기 어려운 사실이 밝혀졌다. 노인의 지문이 황종민의 지문과 일치했던 것이다. DNA 감정에 들어갔으나 결과는 마찬가지였다. 두피를 간신히 가릴 정도로 빠져 얼마 남지 않은 허연 머리칼과 자글자글한 주름 사이로 반점이 얼룩진 노화된 피부, 잇몸에 간신히 붙어 있다가 감식반이 입안을 살피는 사이 맥없이 툭 떨어져버린 마지막 앞니 하나는 분명 80을 훌쩍 넘은 노인의 육체였다. 급히 섭외된 각 분야의 전문가들이 각자의 추측을 내세웠다. 가장 유력한 사인은 화학물질에 노출되어 급로현상이 발생했을 거라는 의견이었다. 연락을 받고 온 보호자들의 동의를 얻어 시신은 부검에 들어갔다. 전문가의 예상과는 다르게 황종민의 몸에서는 아무런 화학물질의 흔적도 발견되지 않았다. 신체 조직은 깨끗했고 자연스러운 노화현상에 의해 사망한 다른 사례와 다를 바가 없었다.

"곡할 노릇이여."

김 노인은 허헛 웃으며 혀로 잇몸을 쭉 훑는다. 멀쩡한 청년이 호호백발 되는 게 가능허다믄 늙은 몸 싱싱허게 살리는 것도 되야 허는 거 아니여? 그는 싱거운 생각을 하며 텔레비전 채널을 돌린다. 그사이 윤 씨가 주방에서 나와 인쇄소 직원들이 먹고 난 자리를 치운다. 술국 하나 시켜놓고 소주를 네 병이나 비운 아가씨들이 냉장고에서 새 소주병을 꺼내 간다. 그때 구석진 자리에 앉아 천천히 해장국 한 그릇을 비운 노인이 비틀거리며 일어선다. 김 노인은 저 영감이 저러다 출입문까지도 못 당도해서 고꾸라지는 게 아닌가 싶어 불안하다. 죽는 일은 제 소관이 아니라지만 아무렴 밥 파는 가게 안에서만큼은 피해줬으면 싶은 게 주인 마음 아닌가. 다행히 노인은 비척비척 카운터로 걸어온다. 주머니를 뒤져 지갑을 찾는 척하던 그가 물끄러미 김 노인을 바라본다. 눈 밑의 살은 축 처졌는데 두 눈은 냉수에 씻은 차돌만큼 정기가 돈다. 이 영감탱이 어디서 좋은 거 꽤나 잡쉈나 보지. 김 노인은 속으로 감탄하며 4천 원이라고 해장국값을 일러준다.

"염치없는 말인 줄은 알지만 제가 지금 돈이 한 푼도 없습니다."

뭐여, 이거 겉만 멀쩡했지 순 비렁뱅이 놈 아녀? 김 노인은 대뜸 미간에 주름을 잡으며 부채로 카운터를 탁탁 친다.

"돈이 없음 뭐라도 맡기구 가셔. 첨 보는 얼굴잉게 외상 달라는 말은 허들 말고."

그러자 그는 주머니를 다시 한 번 더듬거리더니 고개를 젓는다.

"당장은 맡길 만한 물건도 없습니다."

"돈을 못 냄 경찰을 불러야지."

음식 장사 30년에 걸객들이야 닳도록 만나온 김 노인이다. 괜히 얼굴을 붉히고 드잡이를 해봤자 국솥에 빠질 먼지만 날릴 뿐이었다. 개중에는 심기를 살살 긁어 문밖으로 저를 떠다밀게끔 해놓고는 뼛골이 부러졌다며 나뒹구는 심보 못된 놈들도 여럿 봤다.

"댁이 잡순 해장국은 흙 퍼서 끓인 줄 아시유? 누군 더워서 육수까정 흐르는 밤에 보시나 헐라구 가게 연 줄 아는가 벼."

김 노인은 경찰을 부를 기세로 수화기를 집어 들었다. 사실 겁을 줄 심산으로 모양만 취했을 뿐이지 신고를 할 마음은 없었다. 앉아만 있어도 엉덩이가 축축하게 젖어 드는 열대야에

해장국 한 그릇 떼먹은 영감을 잡아넣겠다고 동네 경찰들을 오라 가라 했다가는 타박만 들을 게 뻔했고, 중풍으로 손까지 떨어가며 무전취식한 노인네 처지는 오죽했으랴 싶어 야박하게 굴고 싶지 않았다.

그렇다고 상습적으로 찾아오면 곤란하니 훈계나 좀 해야겠다 하는 찰나, 노인이 바지 뒷주머니에서 접힌 종이를 꺼낸다. 그는 네모지게 접힌 얇은 종이를 김 노인 앞에 펼쳐 보인다. 여인의 초상화다. 이마가 반듯하고 살짝 내리깐 두 눈이 갸름하다. 가르마를 타서 쪽 찐 머리는 정갈하고 보기 좋을 만큼 살이 오른 두 볼에는 싱그러운 홍조가 어려 있다. 참으로 곱네그려. 김 노인은 감탄하는 한편으로 이건 또 무슨 수작을 걸어오는 건가 싶어 그를 훑어본다.

"밥을 거저 먹고 갈 생각은 없습니다."

그는 공손하게 말했다.

"그래서 돈 대신 그림을 주겠다는 거여?"

그렇다고 하면 못 이기는 척 받아두자고 생각하며 김 노인은 한층 누그러진 얼굴로 묻는다.

"아니요. 이 그림은 소중한 거라 드리진 못합니다."

"뭐시여 시방. 공짜 밥 멕여주고 그림 구경이나 허라는 거여?"

김 노인이 한쪽 눈썹을 치켜올리며 목소리를 높이자 그는 황급히 고개를 젓는다. 그가 강파른 가슴팍을 카운터 가까이로 붙이더니 김 노인에게 귀를 갖다 대라는 손짓을 한다. 이놈이 징그럽게 왜 이려. 가게 안에는 불이 났다고 소리쳐도 딴청을 피울 만큼 취한 아가씨들과, 설거지를 마치고 빈 테이블에 엎드려 잠든 윤 씨가 전부다. 김 노인이 멀찍이 몸을 떼며 물러나자 그는 카운터 안쪽으로 더 바짝 상체를 기울인다.

"아까 뉴스를 눈여겨보셨지요."

그가 속삭이며 말한다.

"제가 그 친구를 압니다. 죽은 황종민이요."

특이한 사건이 터지면 굿판 따라 춤추러 다니는 각설이들처럼 덩달아 장단을 타려 드는 인간들이 있다더니 바로 이런 상황인가 보다.

"지금은 이런 모습이지만 저도 사실 그 친구랑 같은 나이입니다. 86년생이요. 황종민하고는 고등학교 동창이고요."

김 노인은 입을 꾹 다문 채 부채질을 빠르게 한다.

"그 사건의 전말이 궁금하시지요? 세상 사람들은 죽었다 깨도 알아낼 수 없을 겁니다."

사람 보는 데는 일가견이 있다고 자부하는 김 노인이었다. 모로 봐도 눈앞의 영감이 치매 환자라거나 거짓 나부랭이를 늘어놓는 것 같지만은 않았다. 게다가 미친 소리라고 넘기기엔 이미 박식한 전문가 선생들도 무력하게 만든 더 미치고 펄쩍 뛸 사건도 벌어졌지 않은가.

"밥값 대신 그 이야기를 들려드리겠습니다. 단, 누구에게도 이야기하지 않고 비밀에 부친다는 조건으로요."

김 노인의 솔깃한 마음을 알아챘는지 그가 슬며시 미소를 띠며 말한다. 김 노인은 벽시계를 올려다본다. 세시가 조금 못 되었다. 오전 교대 시간에 맞춰 직원이 출근하려면 아직 한참 멀었고 앞으로 한두 시간은 손님이 뜸할 때이다. 말동무나 하며 시간을 때워도 괜찮겠거니 싶다. 이 낯선 영감이 들려주겠다는 이야기가 진짜이면 어떻고 또 가짜이면 어떤가. 밤새 텔레비전을 들여다보며 혼잣말을 구시렁대는 거나, 백발 영감이 사실은 나 20대 청년이오, 하고 나서는 거나 남들 보기에 정신머리 없어 보이기는 매한가지일 터였다.

"내가 몸은 이리 살집이 없어두 주둥이 하나는 묵직허니깐."

김 노인의 말을 승낙의 뜻으로 받아들인 그가 가까운 테이블에서 빈 의자를 끌어온다.

"저는 박성우라고 합니다."

그가 이름을 밝히자 김 노인도 예의상 통성명은 해야겠다 싶어 좀 전과 사뭇 다른 태도로 자리를 고쳐 앉는다.

"나는 김학규여. 그 짝이 아직 청년이라 했으니께 일단 내가 말은 편허게 놓겄소."

"예, 그러세요."

차분히 대답한 그가 카운터 위에 펼쳐두었던 그림을 집어 든다.

"고운 처자인걸. 시방 애인이여?"

궁금한 걸 참지 못하는 성미인 김 노인은 슬쩍 그림을 넘어다보며 묻는다. 헐어 있는 살갗을 덴 것처럼 박성우의 표정이 쓰리게 변한다. 괜한 소릴 했는가 벼. 어느 틈엔가 상황이 역전되어 김 노인은 그가 이야기를 못 하겠다고 입을 다물면 어쩌나 마음을 졸인다.

"영감님은 어느 계절을 제일 좋아하세요?"

"덥구 추운 거 보담야 따뜻헌 게 좋지. 나는 봄을 좋아혀."

"봄처럼 기묘한 계절이 또 없지요."

박성우는 떨리는 손끝으로 그림 속 여인의 보일 듯 말 듯 미소 지은 입가를 매만진다.

"사시사철 없이 봄뿐인, 여인들의 섬이 있습니다. 밖에는 눈보라가 몰아쳐도 그 안에서는 진달래며 목련이 피는 섬이요."

"시방 장난질혀? 그 전설의 고향에서 나온 섬 말하는감?"

박성우는 그림에서 시선을 떼고 김 노인의 눈을 들여다본다. 청명한 기운이 도는 두 눈과 마주치자 찬 것을 씹지 않고 삼킨 듯 명치끝 시린 느낌이 들어 김 노인은 자기도 모르게 움칠한다.

"그곳을 간 사람들은 그 섬을 미인도(美人島)라고 부릅니다."

2

가을의 늦은 오후, 해는 넘어갔지만 볕은 나뭇가지에 걸린 치맛자락처럼 마당에 드리워져 있다. 성우는 잰걸음으로 감나무 앞을 지나쳤다. 창가에서 그가 오는 모습을 보고 있던 필중이 현관문을 열어주었다. 필중을 처음 본 성우는 그의 떡 벌어진 어깨에 한 번 놀라고, 마흔을 훌쩍 넘긴 나이에 또 한 번 놀랐다. 필중이란 남자가 집주인 아래서 서예를 배우는 제자라기에 기껏해야 저와 비슷한 20대 중후반쯤일 거라고 예상했던 것이다. 집 안에 들어서자 옅은 수정과 냄새가 났다. 성우는 운동화를 벗고 실내용 슬리퍼에 발을 밀어 넣으며 찬찬히 실내를 둘러보았다. 집주인이 검소하고 꼬장꼬장하다더니 괜한 말이 아닌 듯했다. 필중은 그를 거실 구석의 작은 방으로 안내했다. 너른 거실에 비하면 인색하리만큼 좁은 평수의 방이었다.

"이 방에서 지내면 돼요. 거실의 책은 봐도 괜찮고요. 대신 2층에는 올라가면 안 돼요."

필중은 성우의 어깨 언저리에 시선을 둔 채로 말했다. 퉁명스러운 말투며 연신 눈 마주치기를 꺼려하는 기색이 내성적인 성격인 듯했다. 필중은 앉은뱅이책상 서랍에서 책받침 하나를 꺼냈다. 책받침에는 근처 분식집과 중국집의 스티커가 붙어 있었다.

"식사는 여기서 시켜요. 음식 받을 땐 대문까지 나가서 받고요. 아침저녁으로 선생님께서 확인 전화 하실 거예요."

필중은 더 궁금한 게 있느냐고 물었다. 성우가 괜찮다고 대답하자 그는 챙겨두었던 가방을 짊어졌다.

"나흘이라고 들었을 텐데 일정이 바뀌어서요. 목요일 저녁이면 돌아올 거니까 사흘만 있으면 되겠네요. 그래도 수고비는 그대로 드릴 거예요."

필중은 주머니에서 열쇠 꾸러미를 꺼내 열쇠 두 개를 건넸다. 대문과 현관 열쇠였다. 그는 차 시간이 다 되었다며 집을 나섰다. 성우는 현관으로 나가 그를 배웅했다.

"무슨 일 생기면 나한테 전화하고요."

필중이 대문을 나서기 전 한 번 더 이편을 돌아보았다. 이윽고 대문이 닫혔다. 성우는 소파 위로 몸을 던졌다. 소파는 불청객을 불쾌해하며 뻣뻣한 가죽을 뿌드득거렸다.

단기 아르바이트 자리를 구하는 성우에게 쏠쏠한 일자리를 제안한 건 같은 동양화과의 선배였다. 선배는 개인적으로 잘 아는 노교수의 집에서 며칠간 빈집 봐줄 사람을 구한다며 소개를 해주었다. 요즘 세상에도 빈집 지킴이를 고용하는 사람이 있나 싶어 참 유별나다 했는데 이야기를 들어보니 이해가 갈 만도 했다. 노교수는 희귀한 미술품을 수집하는 취미가 있었다. 값을 매기자면 썩 고가의 물건들은 아니지만 남들 눈 닿지 않는 데를 뒤져가며 정성들여 고른 작품들이라고 했다. 노교수는 수집한 작품들을 따로 창고에 쟁여놓지 않고 고스란히 집으로 옮겨 보관했다. 선배의 말에 의하면 수집품들은 지극히 편향된 취향에 맞춰져 있어 탐내는 사람도 그리 없다고 하지만, 노교수는 다른 이의 손이 탈까 봐 노심초사하는 모양이었다.

소파에 드러누운 성우는 모처럼 한가한 시간을 때울 겸 연락이 뜸한 친구들에게 전화를 걸었다. 여러 명에게 연락을 했지만 오래간만에 통화를 하려니 길게 할 말이 없었다. 책꽂이의 책들을 꺼내 몇 장 넘겨 보다 까무룩 잠이 들었다. 전화벨 소리에 놀라 깨어났을 때는 한밤중이었다. 캐나다에서 걸려온 노교수의 확인 전화였다. 전화를 끊고 나니 속이 허기졌다. 성우는 필중이 두고 간 책받침을 찾았다. 식당들은 모두 영업이 끝난 시간이었다. 유일하게 문을 연 치킨 가게에서 통닭과 맥주를 주문했다. 곧 배달된 닭 한 마리를 게 눈 감추듯 먹어치웠다. 식성이 좋은 성우는 먹는 음식 양에 비해 살이 찌지 않는 체질이었다. 운동이라고는 이따금씩 조깅이나 축구를 하는 게 전부이지만 몸에 군살이 붙지 않았고 근육이 다부졌다. 포만감에 젖은 그는 필중의 방에 이부자리를 펴고 누웠다. 주변이 산으로 둘러싸인 집이라 그런지 사방이 적요했다. 노교수의 홀어머니가 처녀 적부터 살았다는 집은 여느 주택보다 천장이 높고 벽이 두꺼웠다. 반들반들 윤기가 도는 벽의 나뭇결은 오랜 세월 동안 수많은 소리의 공명이 스며들어 무늬로 남은 흔적처럼 보였다. 성우는 불을 끄고 누워 한참을 뒤척였다. 서울서 멀리 떨어진 타지의 낯선 집에 혼자 누워 있으려니 좀처럼 잠이 오지 않았다. 게다가 서늘한 공기에 잠긴 실내는 괴괴한 느낌까지 들었다. 그는 거실로 나와 불을 켰다. 텔레비전은 없어도 컴퓨터 한 대쯤은 있겠지 싶어 집 안을 살피기 시작했다.

1층에는 필중의 방 외에 서재로 쓰이는 방이 하나 있었다. 서재에는 책이 빽빽이 꽂힌 책꽂이와 흔들의자 한 개가 전부였다. 성우는 2층으로 이어지는 계단을 올랐다. 2층은 아래층에 비해 천장이 낮은 편이었다. 복도 오른편의 방문은 잠겨 있었다. 수집품을 보관해두는 방인 듯했다. 그는 맞은편 방문의 손잡이를 돌렸다. 큼큼한 냄새가 고인 방 안에는 코뿔소처럼 큼직한 장식장 한 채와 난 화분이 전부였다. 장식장 안에는 각종 서예도구들이 가지런히 담겨 있었다. 여백의 미 하나는 넘쳐나는 집이로군. 그는 한숨을 내쉬었다. 더 이상 컴퓨터는 바라지도 않았다. 별 기대 없이 복도 끝에 붙은 방문을 열었다.

벽을 더듬어 불을 켠 성우는 의외의 장면에 실소를 터뜨렸다. 그곳은 노교수의 침실이었다. 열 평쯤 되어 보이는 넓은 침실은 집 안의 다른 장소와는 달리 화려하기 그지없었다.

무엇보다 성우의 눈을 사로잡은 건 벽면에 붙은 액자들이었다. 네 개의 벽면에는 일정한 간격을 두고 여러 점의 그림이 걸려 있었는데, 하나같이 오래돼 보이는 춘화들이었다. 성우는 침을 삼키며 유심히 춘화를 들여다보았다. 온갖 노골적인 체위에 성기와 거웃까지 거침없이 세세하게 표현한 수위 높은 그림들이었다. 보통 사람들이 얼핏 봐선 모르겠지만 미술을 전공하는 그의 눈에는 인물들의 신체 비율이 다소 어색하고 팔이며 허리의 휨 정도가 비정상적으로 묘사된 부분들이 속속들이 띄었다. 솜씨로 보면 그리 뛰어난 화가의 작품은 아닌 듯했다.

방 안을 거닐던 성우는 창문 옆에 걸린 그림 앞에 멈추었다. 처녀와 사내들이 등장하는 다른 그림과는 다르게 유독 어린 소녀가 그려진 춘화였다.

그때 문밖의 복도에서 자박자박 걷는 발걸음 소리가 들려왔다. 성우는 움칠 놀라며 뒤를 돌아봤다. 복도 끝에서 계단 아래로 재빠르게 사라지는 옷자락이 보였다. 그는 뒷목이 북어포처럼 뻣뻣해지는 것을 느끼며 우뚝 선 채로 숨을 죽였다. 급히 계단을 내려가는 발소리에 이어 아래층에서 희미한 웃음소리가 들려왔다. 입을 틀어막은 손 사이로 낮게 새어 나오는 여자의 웃음소리였다. 누군가 집 안에 있었다. 성우는 휘두를 만한 물건을 찾아 두리번거리다가 옆에 놓인 백자 주전자를 집어 들었다. 천천히 복도를 지나 계단에 다다랐을 때 거실 저편에 서 있는 가늘고 흰 발목이 보였다. 빠르게 계단을 내려오자 자그마한 뒷모습은 후다닥 현관문을 열고 밖으로 사라졌다. 성우는 눈을 의심했다. 그가 본 것은 분명 흰 저고리에 치마를 입은 소녀의 뒷모습이었다. 길게 땋은 머리채 끝에서 나풀거리던 하얀 댕기가 눈에 선연했다. 주전자를 쥔 손에 식은땀이 고였다. 방금 그것이 귀신인가 사람인가. 먼 친척의 무덤에서 나온 미술품까지도 수집해 들여놓은 집이라고 하니 혹 귀신이 붙어산다 해도 이상할 게 없을 것 같았다. 창밖으로 어두운 마당 구석에 하얀 치맛자락이 나부끼고 있었다. 성우는 무언가에 홀린 사람처럼 밖으로 나왔다. 주변 산의 흙과 나무 냄새가 싸늘한 밤바람에 실려 떠내려왔다. 소녀는 그의 경직된 모습이 재미나 죽겠다는 듯 키들거렸다. 성우는 주전자를 고쳐 쥐었다. 다른 건 몰라도 다기진 담력 하나는 자신 있는 그였다. 상대의 정체가 무엇인지는 몰라도 약을 올리듯 실실대는 꼴이 괘씸했다. 그가 다가오려는 낌새를 알아챘는지 흰옷은 총총거리며 대문 밖으로 나갔다. 그는 놓칠세라 있는 힘을 다해 달렸다. 제가 귀신이든 사람이든 한낱 계집앤데 달음박질 하나 못 따라잡으랴. 얼마 못 가 상대는 숨이 찬 듯 쌕쌕거리며 발이 느려졌다. 그러면 그렇지. 하얀 뒷모습이 닿을 듯 말 듯 가까워졌다. 성우는 소녀의 어깨를 향해 손을 내뻗었다. 빳빳한 저고리 동정에 베일 듯 손끝을 스친 찰나 발밑이 아뜩해지며 몸이 휘청 기울었다. 그는 허방을 딛고 맥없이 고꾸라졌다. 넘어지는 순간 돌부리에 머리를 부딪힌 듯 얼얼한 충격을 감지할 사이도 없이 정신을 잃었다.

이마 위로 내리쬐는 따스한 빛을 느끼며 깨어났다. 해가 중천에 떠 있었다. 성우는 노교수의 침대 위에 누워 있었다. 그는 후다닥 자리에서 일어나 앉았다. 두근거리는 그의 심장을 의아해하듯 침실은 평화로운 고요함에 잠겨 있었다. 주전자는 어제 모습 그대로 탁자 위에 얌전히 놓여 있었다. 머리통을 더듬어 보았다. 찢어지거나 혹이 나 있을 거라 생각했던 머리는 멀쩡했다. 꿈이었던 것일까. 아무리 되짚어보아도 노교수의 침대에 눕기는커녕 이불자락에 손을 댄 기억도 없었다. 성우는 집 안을 샅샅이 뒤졌다. 사람이 다녀간 흔적은 어디에도 보이지 않았다. 분명 귀신에 홀린 것이리라. 석연치 않은 머릿속과 달리 몸은 이상하리만치 가볍고 상쾌했다. 그는 오늘 저녁에야말로 요사스러운 것의 정체를 밝히겠다고 단단히 벼르고는 해가 저물기만을 기다렸다. 그러나 밤을 새우고 다음 날이 되도록 집은 잠잠했다. 사흘이 지나자 필중이 돌아왔다. 성우는 약속된 사례비를 받고 어정뜬 심정으로 그곳을 떠났다.

"구신은 그렇다 치구. 이 여자 만난 얘기나 허지그려."

슬슬 좀이 쑤시기 시작한 김 노인은 그림 속 여인을 턱짓하며 묻는다. 귀신이며 여우에게 홀린 이야기라면 책을 묶어도 대여섯 권은 내놓을 만큼 통달한 그였다. 그는 이놈의 영감이 지금껏 늘어놓은 이야기가 한낱 귀신 타령을 위한 밑밥은 아닌가 싶어 은근히 조바심이 났다.

"사고가 있었습니다."

성우가 왼쪽 귀 언저리로 손을 갖다 대며 말한다. 유심히 보니 그의 귓불 아래서부터 뒷목에 이르기까지 자벌레 같은 흉터가 박혀 있다. 하지만 첩첩이 접힌 목주름에 묻혀 쉬이 눈에 띄진 않는다.

“스키장에 가던 길이었어요.”

눈발이 채에 턴 밀가루처럼 쏟아지던 한밤중이었다. 스키여행에 뒤늦게 합류하러 평창에 가던 길이었다. 성우와 경섭은 과제로 제출할 작업을 마치고 열한시가 다 되어 출발했다. 경섭 아버지의 차에 보드를 싣고 경섭이 운전을 하다가 세 번째 휴게소에서부터는 성우가 운전대를 잡았다. 차는 고속도로를 벗어나 굽이진 산길을 오르고 있었다. 강원도 정선에 접어들었다. 좁은 산길을 지나며 바짝 긴장을 하고 있던 와중에 어떻게 깜빡 졸게 되었는지는 성우 자신도 알 수 없는 일이었다. 빗방울 무게에 풀잎이 휘청 기울듯 잠깐 고개를 떨어뜨렸다. 소스라치게 놀라 정신을 차린 순간 차는 길의 허리춤을 뚫고 빗나가고 있었다. 황급히 브레이크를 밟았지만 언 길 위의 바퀴는 누군가 뒤에서 떠밀기라도 하듯 낭떠러지를 향해 돌진했다. 차는 벼랑에 부딪히며 추락했다. 성우는 혼미한 정신으로 비명을 지르면서도 잠깐 졸았던 찰나의 시간이 하룻밤처럼 길게 느껴진 게 의아하다는 생각을 하고 있었다. 차체가 암벽에 범퍼를

박으며 뒤집어졌다. 운전대가 돌로 찍어 내리듯 앞가슴에 꽂히는가 싶더니 몸이 앞 유리를 뚫고 튕겨 나갔다. 안전벨트를 단단히 매었음에도 강냉이처럼 튀어 오른 몸뚱이를 이해할 수가 없었다. 성우는 바위 위에 얼굴이 쓸리며 미끄러졌다. 온몸의 뼈마디가 어긋난 듯 손가락 하나 까딱할 수 없었다. 그사이에도 차가운 눈송이는 얼굴과 손등에 쉼 없이 내려앉았다. 사방을 둘러싼 산등성이가 감쪽같이 소리를 빨아들여 주위는 까마득한 정적에 잠겼다. 머리통이나 귀 언저리에서 뿜어졌을 피가 살갗을 타고 흘렀다. 목에 감고 있던 얇고 부드러운 천을 천천히 당겨서 풀듯 간지럽고 나른한 촉감이었다. 성우는 몸을 일으키기 위해 안간힘을 쓰다가 지쳐 기절했다.

게슴츠레 눈을 떴을 때 우거진 나뭇가지가 올려다보였다. 가지마다 무성한 푸른 잎들이 서로 그물처럼 맞물려 있고 그 틈으로 눈부신 볕이 쏟아져 내렸다. 그는 물 위에 두둥실 떠서 흘러가고 있었다. 그의 몸을 실은 물줄기는 볕에 맑은 몸을 비비며 재잘재잘 흘렀다. 조롱조롱, 삐이삐이. 새소리가 간간이 들려왔다. 내가 죽었거나 혹은 구조되어 독한 진통제에 취해 있는 모양이구나. 성우는 졸음이 밀려와 눈꺼풀을 지분지분 누르는 것을 못 이기고 다시 눈을 감았다.

재차 정신이 들었을 때도 의식이 흐릿하기는 마찬가지였다. 게다가 실내가 수증기로 부옇게 흐려 있어 당최 눈을 뜬 건지 감은 건지 분간하기도 어려웠다. 그는 허리춤까지 따뜻한 물에 잠겨 있었다. 수증기 속에서 얼핏 물기로 반들거리는 여자의 등허리가 보였다. 발그레해진 둥근 엉덩이도 희미하게 드러났다가 증기에 가려졌다. 이윽고 여자의 가느다란 손가락이 그의 어깨를 주무르기 시작했다. 근육을 살짝 건드리는 정도로 약한 손아귀 힘이었지만 쇄골 밑과 양어깨를 지나쳐 가슴으로 내려오는 손길에 온몸의 근육이 잠에서 깨듯 생기를 돋우었다. 귓전에 달큰한 숨결이 스쳤다. 젖은 머리칼 몇 올이 그의 얼굴 위에 닿아 살을 간질였다. 여자는 말 한마디 하지 않았지만 성우는 그녀가 시키는 바를 정확히 알 수 있었다. 때가 되자 물 밖으로 나와 증기 속을 더듬거리며 나무판 위에 누웠고, 까끌까끌한 가루를 흩뿌려 몸을 문지를 때는 시키지 않아도 팔다리를 들어 올리거나 몸을 뒤집었다. 여자의 손끝은 그의 사타구니나 허벅지를 스칠 때도 주저하는 기색 없이 야무지게 살을 문질렀다. 짐짓 모르는 척 시치미를 떼는 침묵 속에 요염함이 느껴졌다. 여자가 무언가를 집으려 그의 위로 몸을 기울이자 탱탱하고 보드라운 젖이 가슴팍에 닿았다. 평소라면 심장이 요동치고 맥박이 빨라졌겠지만 그런 격정과는 또 달리 그는 날짝지근한 황홀에 취해 있었다. 몸 위로 따뜻한 물이 한 바가지 끼얹어졌다. 은은한 향내를 품은 물은 몸에 남아 있던 가루의 비릿한 냄새를 말끔히 씻겨주었다. 그는 여자가 곧 사라질 거라는 예감이 들었다. 자기도 모르게 뿌연 김 속을 휘저어 그녀의 손목을 움켜잡았다. 너무 세게 쥔 것 같아 슬그머니 힘을 풀자 여자는 얼른 손을 거두어 갔다. 누워 있는 머리 너머에서 문이 열렸다가 닫히고 밖에서 도란도란 이야기 나누는 소리가 들려왔다. 성우는 향내에 몽롱해진 채로 한층 더 두꺼워진 수증기에 짓눌리듯 다시 정신을 잃었다.

성우는 허기를 느끼며 깨어났다. 이번에는 숙면을 취하고 일어났을 때처럼 몸이 가뜬했다. 그는 낯선 방 안의 이부자리 위에 누워 있었다. 호롱불이 켜진 어둑한 방이었다. 이불을 들추어 보자 어느 틈에 갈아입은 건지 흰 적삼에 통이 넓은 바지 차림이었다. 그는 불빛에 드러난 주변을 둘러보았다. 작은 방안에는 고풍스러운 장식장과 매화가지 꽂힌 화병이 놓여 있었다. 창가에는 조개껍데기를 꿰어 늘어뜨린 발이 쳐져 있고 그 아래 경대의 둥근 거울이 고즈넉한 어둠을 한 줌 담아냈다.

꽃잎을 덧대어 바른 창호지 문 위로 그림자가 일렁였다. 방문이 발칵 열리며 앳된 여자아이가 불쑥 고개를 들이밀었다.

"일어났어요?"

그는 얼이 빠진 표정으로 여자아이를 멍하니 쳐다봤다. 해사한 얼굴의 아이는 연한 노란색 저고리에 옥색 치마를 입었다. 껑둥하게 올린 치맛단 아래로 한 입 베어 문 돌배의 속살처럼 하얀 속바지가 드러나 보였다. 성우는 문득 떠오르는 바가 있어, 제 뺨을 세차게 후려쳐보았다. 고막까지 얼얼한 걸로 보아 분명 꿈은 아니었다. 내가 결국 죽고 말았구나. 저승이란 곳이 있긴 한 것 같아 그나마 불행 중 다행이다. 그런데 경섭이는? 경섭이도 나 때문에 죽고 만 건가? 두서없는 생각들이 썩은 과일에 꼬인 벌레 떼처럼 윙윙거렸다. 그를 빤히 바라보던 아이가 깨드득 웃으며 방 안으로 들어섰다.

"잠이 덜 깼나 봐. 왜 멀쩡한 뺨은 치고 그래요?"

아이는 옷자락을 바스락거리며 다가와 성우 곁에 앉았다.

"나는 소향이에요. 다 죽어서 물에 동동 떠오는 걸 구해냈으니, 목숨을 살린 은인인 줄 알아요."

열네댓 살쯤 되었을까. 가르마를 말끔히 탄 머리가 햇밤처럼 반들거렸다. 꼼꼼히 땋은 긴 머리채 끄트머리에 금박글씨를 새긴 제비부리댕기가 달려 있다. 소향은 얼굴을 바짝 들이밀고 호기심 가득한 눈으로 그의 얼굴을 살폈다. 성우도 멈칫 물러서는 대신 자그마한 얼굴을 들여다보았다. 갸름한 얼굴에 두 눈이 또렷하고 야무지게 뻗어 오른 까만 속눈썹은 싸릿가지를 올려도 좋을 만큼 길다. 입꼬리가 올라간 얇은 입술에 알알이 귀여운 산수유 열매처럼 발그레한 장난기가 맺혀 있다. 총명하게 반짝이는 두 눈동자의 빛이 맑은 물줄기가 되어 성우의 동공으로 흘러들어왔다. 예사롭지 않은 총기 때문인지 한번 시선이 마주치자 쉽사리 눈이 떨어지질 않았다. 그때 성우의 배 속에서 하수구 물 빠지는 소리가 났다. 소향이 다시금 어깨를 달싹이며 웃었다.

"시장한가 봐요."

소향은 성우의 손을 덥석 잡더니 밖으로 나가자며 끌어당겼다.

"날을 잘 골랐지. 정신머리는 없어도 먹을 복은 있네요. 오늘 밤 연회가 있어 맛난 게 한가득이거든."

성우는 못 이기는 듯 손에 이끌려 밖으로 나왔다. 재촉하는 소향을 따라 담을 따라 걸었다. 막 모퉁이를 돌아 마당으로 나온 순간, 그는 가슴이 철렁 내려앉았다. 눈앞에 펼쳐진 것은 분명 말로 듣던 저승세계라고밖에는 설명할 수 없는 광경이었다.

거문고 소리가 밤공기를 퉁겨내듯 울려 퍼졌다. 마당 위를 가로지르는 끈 위에 각양각색의 새 모양 등을 씌운 등불이 휘황했다. 마당 한가운데에 나 있는 호수는 표주박 모양이었다. 부드러운 바람이 수면을 스칠 때마다 호수는 살아 숨 쉬는 듯 물비늘을 반짝였다. 호수 주변에 깔아놓은 대자리 위에는 상다리가 꺾이도록 차려놓은 음식상이 여러 개 놓여 있고, 상마다 아리따운 여인들이 삼삼오오 둘러앉아 웃고 떠들었다. 툇마루 위에서는 자홍색 한복을 입은 여인이 거문고를 타고 있었다. 그 곁으로 서너 명의 여인들이 소맷부리를 타고 흐르는 달빛을 즐기듯 손등을 치켜든 채 너울너울 춤을 추었다. 그 많은 여인들 속에 사내라고는 서너 명뿐이었다. 반가움에 성우가 사내들에게 다가가자 사내들은 성우를 알 수 없는 경계와 적의에 찬

눈초리로 노려보다 외면을 하고, 다시 여인들 속에 파묻혀 술과 음식을 받아먹으며 흥을 즐긴다.

소향은 그를 안채로 이끌었다.

"인사할 데가 있어요."

그는 얼떨결에 안마루의 낯선 방 앞까지 따라갔다. 소향이 조심스럽게 문을 열자 방 안에 있던 세 여인이 그를 쳐다보았다. 바깥과는 다르게 조용하고 위압적인 분위기가 그를 긴장시켰다.

여인들 앞에는 간소하게 차린 술상이 놓여 있었다. 셋 중 가운데 자리에 앉은 여인이 먼저 입을 떼었다.

"몸은 어떠시오?"

성우는 얼떨떨한 기분을 감추지 못한 채 괜찮다고 대답했다.

"그리 서 있지 말고 앉아보시오."

상 앞으로 다가가 앉자 숨이 멎을 만큼 향기로운 체취가 풍겨왔다. 성우는 가까스로 고개를 들어 여인을 바라보았다. 나이를 가늠해보자면 서른 초반쯤 되었을까. 유들진 얼굴에 옅은 미소가 어렸다. 기다란 손가락에는 옥가락지를 여러 개 끼고 머리에 얹은 가채에 비취며 진주장식이 화려하게 꽂혀 있었다.

눈부신 외모는 둘째 치고라도 기품 있는 자태에 어지간해서는 기가 눌리지 않는 성우도 속이 후들거렸다. 그는 곁땀이 차오르는 걸 느끼며 물었다.

"여긴 대체 뭐 하는 뎁니까?"

"여인들이 모여 사는 섬이오."

"내가 죽은 겁니까?"

그러자 왼편에서 곰방대를 물고 있던 여인이 코웃음을 쳤다.

"이네가 산 사람을 귀신 취급하네."

엇조를 놓은 그녀가 성우를 할기시 봤다. 간드러지는 몸매에 눈초리가 올라간 얼굴이 보통 여우도 아닌 백여우 상이었다. 꽈리처럼 붉은 저고리 위로 드러난 목선이 가늘고 희었다.

"나는 수영이라 하오. 내가 이 섬을 돌보고 있소. 저승은 아니지만 한번 발을 들이면 제 뜻대로 나갈 수 있는 곳이 아니니, 실수로 온 것이면 일찌감치 돌아가시오."

가운데 자리의 여인이 차분히 말했다. 성우는 자신이 죽은 게 아니라는 사실에 일단 한숨을 돌렸다.

"돌아가는 길이나 알려줘요."

"온 방으로 되돌아가 한숨 푹 자고 깨면 꿈처럼 잊을 게요. 오늘을 넘기면 쉬이 돌아갈 수 없게 되니 주의하시오."

참 별스러운 꿈도 다 꾸는구나. 아직 살아 있다는 사실에 여유가 생긴 그는 자세를 편히 고쳐 앉고 내내 궁금했던 것을 물어보았다.

"정신을 잃었을 때 나를 씻겨준 사람이 있습니다. 고맙다는 인사를 하고 싶은데요."

그러자 여우상이 기다렸다는 듯 깔깔거렸다.

"이네도 돌아가긴 그른 것 같구려."

그녀는 곰방대를 빨아 길게 연기를 내뿜더니 말을 이었다.

"기왕 온 것 노닐다 가시지. 이곳에서 한 달이라야 살던 곳의 하루도 못 되는걸. 내 그 여인 찾는 걸 도와주겠소."

성우는 당치 않은 소리라고 생각하면서도 이상하게 속이 뒤스럭거렸다.

"보아하니 저승길을 찾아 헤매던 모양인데, 여기만 한 극락이 또 있겠소?"

여우상은 술잔을 들어 입술에 대는 시늉을 했다.

"이곳에선 물 한 모금만 마셔도 목이 맑아지고 밥 한술을 뜨면 몸이 걸차진다오. 산에 올라 아무 풀뿌리나 캐어 씹어도 원기가 돌고 과실은 혀뿌리가 녹을 만큼 달다지요. 하지만 그보다도 맛 좋은 게 있으니 이곳 계집들의 살맛이라 하더이다."

앙큼스럽게 말한 그녀가 술을 홀짝였다.

"돌아가겠습니다."

성우는 단호히 말하며 자리에서 일어섰다. 여우상의 수작을 보고 있으려니 괜스레 기분이 뒤숭숭해져 한시 빨리 자리를 뜨고 싶은 마음이었다.

"귀가 질긴 사내이구려."

방을 나서는 그의 등에 대고 여우상이 흥얼거렸다.

뒤따라 나온 소향이 성우를 상머리로 끌어다 앉혔다.

"시장하다지 않았어요? 밥을 가져올 테니 조금만 기다려요."

뽀르르 사라졌던 소향이 곧 밥과 국을 날라 왔다. 상 앞에서 술잔을 기울이던 여인들이 흥미롭다는 듯 그를 지켜보았다. 꿈이든 생시든 등에 달라붙은 뱃가죽부터 부풀리고 보자. 성우는 침을 삼키며 수저를 집어 들었다.

보름날에나 먹곤 했던 검정나물들이 들내를 풍기며 속을 간질였다. 젓국으로 맛깔스럽게 무친 겉절이와 쇠고기를 넣고 끓인 진한 고기탕, 달걀을 묻혀 지져낸 생선찜, 고소한 골이 가득

차 있는 소 등골찜, 난생처음 보는 상어산적과 닭산적 앞에서 그는 게걸스럽게 밥그릇을 비웠다. 음식들은 하나같이 맛이 훈감할 뿐 아니라 보기에도 좋았다. 개나리와 진달래를 붙여 지진 꽃떡이며 빨가우리한 오미자국물의 복숭아화채, 앙증스러운 방울강정은 먹기가 아까울 정도였다.

수저를 내려놓자 소향이 잔에 술을 따라주었다.

"황국으로 담근 국화주예요. 몸이 풀릴 테니 마셔봐요."

달콤하고 향긋한 술은 부드럽게 목구멍을 타고 흘렀다. 그가 맛나게 술잔을 비우자 보고 있던 여인들이 너도나도 한 잔씩 술을 채워주었다. 몇 병쯤 비웠을까. 보통 소주 두 병쯤은 거뜬한 성우였으나 처음 맛본 술 때문인지 몽롱한 달빛 탓인지 금세 몸이 날짝지근해졌다. 기분이 좋아지자 서서히 자세가 흐트러졌다. 흐릿한 눈으로 마당을 둘러보던 그는 맞은편 술상 앞의 여인과 눈이 마주쳤다. 문득, 그의 몸을 문지르던 여무진 손의 감촉이 되살아났다. 이목구비가 산뜻한 여인은 시선을 회피하지 않고 그를 마주 보았다. 성우는 그녀가 자신을 씻겨주었던 여인이라는 확신이 들었다. 자리에서 일어나 그녀를 향해 걸음을 떼려는데 어지럼증이 돌며 몸이 휘청 기울었다.

"어마맛!"

그는 몸을 가누지 못하고 옆에 앉은 여인의 위로 무너지듯 쓰러졌다. 소향이 재빨리 나서서 그를 일으켜 세웠다.

"걸을 수 있겠어요?"

그는 대답 대신 고개를 주억거렸다. 소향이 그를 부축하여 마당을 빠져나왔다.

"그래, 돌아가기로 결정한 거요?"

"오늘 가지 않으면 뜻대로 돌아갈 수 없게 된다니, 무슨 뜻이냐?"

그는 비틀비틀 발을 내딛으며 혀가 풀린 소리로 물었다.

"내 입으로 말하긴 좀 부끄럽소. 왜, 머물 생각이 있는 거예요?"

"아니다. 돌아가야지."

소향이 입술을 삐죽였다.

이윽고 방으로 들어온 그는 이부자리 위에 짚더미처럼 쓰러졌다. 소향은 호롱불을 훅 불어 끄고 나갔다. 멀어지는 발소리를 들으며 그는 정신없이 잠에 취해 들었다.

3

이튿날 오전, 성우는 수영과 마주 앉아 있었다.

"돌아간다지 않았소?"

"그건 내가 하고 싶은 말입니다."

지난밤 그는 소향이 이끄는 방에 들어가 실컷 자고 깨어났다. 새 지저귀는 소리에 눈을 떴을 때, 현실로 돌아가기는커녕 모든 것이 전날 그대로였다. 다만 방에 놓인 가구며 창문 뚫린 방향이 처음 묵었던 그 방과는 달랐다. 소향이 그를 아주 다른 방에 옮겨둔 것이었다. 기가 찰 노릇이었다.

"그 애가 워낙 장난을 즐긴다오. 하지만 내 그리 주의를 줬음에도 신중치 못했던 건 그쪽 잘못이 아니겠소?"

수영은 나볏하게 말했으나 성우는 그 아래서 싸늘한 조소를 엿보았다.

"아무튼 돌아갈 길이나 알려주시죠."

"쉬이 돌아갈 수 있던 건 어제가 유일한 기회였소. 날이 지났으니 어쩌겠소. 섬의 규정을 따라야만 돌아갈 수 있게 될 게요."

"뭐든 좋으니 말만 해요."

그녀는 찻주전자를 들어 연녹색으로 우러나온 찻물을 따랐다.

"보았겠지만 이곳엔 여인들이 대다수라오. 누구든 그중 한 명과 합궁을 하면 살던 세상으로 돌아갈 수 있소."

성우는 수영의 의중을 헤아리기 위해 지그시 그녀를 노려보았다. 그러나 수영은 눈 한 번 깜빡하지 않고 찻잔을 들어 올렸다.

"아무 여자나 잡고 자……달라고 조르란 말입니까?"

그는 갑갑한 마음에 다그쳤다.

"그건 거기의 재량이오. 혹여 여인에게 강제로 어찌해보려 하거나, 폭력을 쓰면 큰 재앙을 겪게 되오. 그리고 다른 사내들은 가까이 하려 하지 마오. 뭔 욕심들이 그리 많은지 섬에 여자들이 많아도 사내들끼리는 사이가 불편하다오. 이리되었으니 여유를 품고 며칠 지내보지 그러오. 지금은 그리 펄쩍 뛰어도 곧 마음이 풀릴 게요."

땀직땀직 말하는 그녀를 상대로 분을 터뜨려봤자 헛수고일 듯했다. 일단 상황 파악부터 하고 다시 대화를 시도하는 게 유리할 성싶었다.

"그럼 난 어디에서 지내면 됩니까?"

"이 집은 '매화들이'라고들 부르오. 나와 계집아이 둘이 더 산다오. 빈방이 많으니 편한 곳에 드시면 되오. 마음이 바뀌면 언제든 다른 집으로 옮겨도 좋소."

"어쩌다 보니 신세를 지게 되긴 했지만 사지 멀쩡한 채로 공밥을 먹고 싶진 않습니다. 밥값은 할 테니 힘쓸 일이 있으면 말해봐요."

"잡일은 맡아 하는 사람들이 따로 있소만."

무작정 얹혀 지내기엔 영 찜찜했다. 뒤에 가서 큰소리를 치더라도 떳떳할 근거가 있어야 했다.

"시를 지을 줄 아시오?"

시라면 읽기든 쓰기든 영 젬병이었다.

"그림이라면 좀 그립니다."

"그럼 사례로 그림이나 몇 점 그려주구려. 소향에게 말하면 화구를 준비해줄 것이오."

성우가 그만 자리에서 일어서려 할 때였다. 수영은 들고 있던 찻잔을 딸각, 내려놓았다.

"어느 여인과 연분을 맺어도 좋소. 하지만 합궁을 하게 되면 이곳 일은 전부 잊은 채로 돌아가게 된다는 걸 명심하시오. 일을 치르면 좋든 싫든 더는 머물 수 없게 된다오."

성우는 주춧돌에 놓인 신을 구겨 신고 마당으로 나왔다. 부드러운 볕이 정수리를 간지럽게 내리쬐었다. 호수를 지나쳐 나가려는데 어제 보았던 여우상이 엉덩이를 살랑살랑 흔들며 대문간으로 들어섰다. 성우를 발견한 그녀가 능갈맞게 말을 걸어왔다.

"어제 말한 계집을 찾으러 가는 게요?"

여우상이 그를 위아래로 훑었다.

"괜한 다리품 팔지 말고 우리 집으로 가지 그러오? 내 흔해빠진 곡물가루가 아니라 복사꽃 기름으로 몸을 문질러드리외다."

밝은 데서 보니 갸름하고 초강초강한 얼굴이 한층 더 요염했다. 성우는 여우상을 무시하고 성큼성큼 걸어 나갔다.

“거쿨지게 걷는 꼴도 어쩜 저리 귀여울꼬. 마음이 바뀌면 꼭 가희를 찾아오시오.”

뒤에서 들려오는 여우상의 목소리는 유혹하려는 홀림이라기보다는 어린아이를 어르는 듯한 조롱조에 가까웠다.

성우는 매화들이를 나와 흙길을 걸었다. 바람이 불어오자 길가의 벚나무가 우수수 꽃잎을 떨어뜨렸다. 가지 위에 앉아 있던 새가 포르르 날아올랐다. 마을은 고요했다. 경사진 길을 얼마쯤 오르다 보니 소담스러운 지붕 몇 채가 나타났다. 짚을 올려 지은 초가지붕도 있고, 매화들이보다는 작지만 아담한 한옥집도 보였다. 길은 곧 산자락의 돌계단으로 이어졌다. 돌계단을 따라 산 정상으로 오르자 섬이 한눈에 내려다보였다. 길목마다 만개한 꽃나무로 섬은 눈이 흐뭇할 만큼 화사했다. 수양버들 아래를 사붓사붓 걸어가는 여인들이 보였다. 섬 가장자리의 흰 모래밭 너머로는 속이 비칠 만큼 맑은 녹색 바닷물이 출렁였다. 조금 떨어진 부둣가에는 작은 배가 몇 척 매어져 흔들렸다. 평화로운 풍경을 보고 있노라니 마음이 한풀 누그러졌다. 성우는 찬찬히 섬의 구조를 살펴보았다. 섬의 가운데 자리한 매화들이를 중심으로 왼편에는 푸르른 논과 밭이, 오른편에는 방금 지나쳐온 집들이 분포되어 있었다. 논밭에서는 흰옷을 입은 서너 명의 남자가 소를 끌며 일했다. 음기에 어지간히 눌려 있었던 모양인지, 같은 사내들을 발견한 것만으로도 묘하게 안심이 되었다. 논밭 끄트머리에는 임시 거처처럼 허름한 집 몇 채가 줄줄이 붙어 있었는데, 일하던 남자들이 들락거리는 것으로 보아 그들의 집 같았다. 그와 연결되는 산의 뒤편은 점점 명암이 짙어지듯 시커먼 나무숲이 우거져 있었다. 숲의 끝은 깎아 내린 듯한 벼랑이었다. 검은 숲은 매화들이 주변과는 정반대로 음침한 기운이 흘렀다. 벼랑 밑으로 철썩이는 바다는 섬 앞에 출렁이는 바닷물과 다른 구멍에서 솟구쳐 나온 듯 시퍼렇고 기세가 사나웠다. 숲이 우수수 몸을 떠는가 싶더니 한 무리의 사내들이 걸어 나왔다. 그들은 들것을 들고 있었다. 들것을 덮어놓은 거적 밑으로 비죽 튀어나온 두 발이 보였다. 천천히 벼랑 끝에 다다른 사내들은 들것을 몇 차례 흔들다가 바다 아래로 내던졌다. 뜻밖의 장면을 목격한 성우는 속이 싸느랗게 내려앉았다. 남자 중 한 명이 걸음을 멈추고 위를 올려다보았다. 그러자 다른 사내들도 덩달아 위를 올려다보았다. 성우는 자신도 모르게 뒷걸음질을 쳤다. 그들은 하나같이 눈이 허옇게 먼 장님들이었다.

성우는 황급히 돌계단을 내려왔다. 넋을 놓고 달리다 앞에서 오던 사람과 세차게 부딪혔다. 짱그랑. 도자기가 요란한 소리를 내며 깨졌다. 그는 부리나케 일어나 바닥에 나동그라져 있는 여인에게 다가갔다.

"괜찮아요?"

엉덩방아를 찧은 여인이 콧살을 찡그렸다. 그녀의 얼굴을 훔쳐본 성우는 돌연 가슴이 들썩거렸다. 손에 묻은 흙을 털고 있는 그녀는 분명 어제 맞은편 술상에서 시선을 마주쳤던 그 여인이었다. 그가 손을 내밀자 여인은 잠시 엉거주춤하더니 답삭 손을 붙잡고 일어섰다. 키가 성우의 턱에 못 미치는 작고 도담스러운 체구였다.

"아이, 아까워라."

그녀는 바닥에 뒹구는 도자기 조각을 주워 담았다.

"내가 할게요."

선불리 파편을 집어 들던 그가 짧게 신음을 내뱉었다. 베인 손끝에 석류알 같은 핏방울이 맺혔다.

"왜 그리 담방대시오."

여인이 나무라며 허리끈에 찔러두었던 무명천 조각을 꺼냈다. 그녀는 베인 상처를 천으로 감싸고 그러쥐어 상처를 눌렀다. 뽀얀 손의 잘록한 회목에 발끈 힘줄이 곤두섰다. 성우는 손을 뻗어 그 손목을 움켜쥐었다. 여인이 소스라치게 놀라며 그를 밀쳐냈다. 손안에 가뿐히 들어오는 촉감은 분명, 증기 속에서 만져보았던 가느다란 손목이었다. 손목은 유리로 만든 물고기처럼 미끄러지듯 그의 손아귀에서 빠져나갔다.

여인이 그의 뺨을 후려쳤다.

"별 꺼덕친 사내를 다 보겠네!"

그녀는 숨을 쌕쌕거리며 그를 흘겼다. 화가 나서 빨갛게 달아오른 뺨이며 앙칼진 눈매가 싱그러웠다. 어쩐지 미안하다는 말을 하고 싶지가 않았다. 그는 썽긋뺑긋거리려는 웃음을 애써 누르며 그녀를 바라보았다. 그 모습에 더 약이 올랐는지 눈을 치켜뜨던 그녀가 홱 돌아섰다. 성우는 가슴이 들레는 한편으로 속이 아뜩해졌다. 여인을 들쳐 업고 데려가 으스러질 때까지 손목을 움켜쥐고 싶다는 충동이 솟구쳤다. 바락바락 화를 내는 그녀를 몸 아래 깔고 성내는 모습을 들여다보고 싶었다. 여인이 종주먹으로 가슴팍을 두방망이질한다면 피하거나 저지하지 않고 고스란히 그것을 다 맞고 싶었다. 성우는 이성을 뚫고 회오리처럼 몰아치는 욕정에 당황했다. 손에 붙어 있던 무명천 조각이 바닥으로 떨어졌다. 여인은 달음질을 쳐 멀어졌다. 그녀가 사라지고도 한참 동안 성우는 길의 한가운데 서 있었다. 유약을 바른 파편이 봄볕에 빛났다. 성우의 눈에 그것은 이미 한낱 도자기 잔해가 아니었다. 개화하듯 터져 깨진 꽃봉오리의 물기 반짝이는 낱장 꽃잎이었다.

4

명이는 툇마루에 누워 잠든 해식을 못마땅하게 쳐다보았다. 침을 게지레 흘리며 잠든 꼴이 영 추접하고 밉상스럽다. 그가 섬에 들어온 지도 석 달이 지났다. 처음엔 밤을 새워 명이를 들여다보다가 새벽닭이 울 때야 등걸잠을 잘 만큼 귀이 여겨 어쩔 줄을 몰라 했건만 이젠 틈만 났다 하면 나자빠져 코를 고는 꼴이라니. 해식은 죽을 때까지 합궁을 않고 명이의 곁에 머물겠다며 큰소리를 쳤었다. 당시엔 명이도 덩달아 눈물 바람을 하며 감격했다. 그러나 석 달이 어디 짧은 시간이랴. 종일 끌어안고 볼이나 비비는 것도 슬슬 맛적어지고, 그녀 하는 일마다 사사건건 끼어드는 해식의 간섭에도 넌덜머리가 났다. 먹고 뒹굴 거리는 일이 전부인 그는 강단지던 몸매도 형편없이 망가졌다. 올근볼근하던 가슴과 배엔 비곗살이 붙었다. 어찌나 고기를 밝히는지 허구한 날 변비에 걸려 뒤가 무겁다고 끙끙대기 일쑤였다. 뒷간에서 무릎을 움켜쥐고 신음하는 소리를 듣고 있자면 문을 벌컥 열고 들어가 똥통 밑으로 떼밀어버리고 싶은 적이 한두 번이 아니었다. 아랫배는 된똥으로 단단하게 굳어 있으면서 미련하게 먹기는 또 얼마나 먹어대는지, 오늘 아침에도 눈곱 붙은 얼굴로 백숙 닭다리 뜯는 모습을 보고 있으려니 밥맛이 싹 달아났다. 그만 좀 처먹어대라고 수저로 이마빡을 내려칠 뻔한 손을 간신히 눌러 궁둥이 밑에 깔고 앉았다.

해식은 잠결에 손을 뻗어 명이의 발을 어루만졌다. 그녀는 냅다 그 손을 걷어찼다. 대문이 열리며 쌀가마를 짊어진 소경이 들어섰다. 그는 막대로 바닥을 더듬으며 정주간으로 들어가 쌀을 내려두었다.

"욕봤소. 온 김에 물도 좀 길어주고 가구려."

명이는 부채질을 하며 소경의 건장한 몸을 찬찬히 감상했다. 걷어 올린 바짓단 아래로 단단한 종아리 근육에 진흙이 말라붙어 있다. 볕에 그을려 불그스름한 목덜미가 땀으로 번질거렸다. 명이는 떡 본 아이처럼 단침을 꿀꺽 삼켰다. 소경이 살구나무 아래로 가 빈 물동이를 집어 들었다.

"가희 아씨가 긴히 할 얘기가 있다고 들르시랍니다."

명이는 저고리 앞섶을 긁적였다. 볼일이 있으면 제 발로 찾아올 것이지 매번 아랫사람 부리듯 오라 가라 하는 게 영 못마땅했다.

"직접 전해드릴 게 있답니다."

그녀의 속을 읽은 듯 소경이 덧붙여 말했다.

명이는 귀가 솔깃해졌다. 가희의 가채에 꽂혀 있던 호박 박힌 머리장식이 떠올랐다. 볼록하고 매끄러운 호박 보석은 꿀보다 달콤해 보이는 노란빛이었다. 가희는 명이가 부러워하는 기색을 눈치채고는 그리 탐이 나면 넘겨주겠다고 말했었다. 제 것이라면 바닥에 떨어진 밥풀 한 알 옷깃에 묻혀 가지 못하게 하는 탐욕스러운 인간이 웬일인가 싶어 의심스러우면서도 명이는 내심 기대를 하고 있었다.

"어디 가게?"

명이가 일어나는 기척을 느낀 해식이 게슴츠레한 눈으로 물었다.

"알 거 없소. 해가 중천에 떴는데 좀 씻지 그러우. 배꼽에 때가 덕지덕지 낀 게 파리가 알을 까겠수."

해식은 흐흐 웃으며 배꼽노리를 긁적였다. 에그그, 밉살맞아. 명이는 혀를 끌끌 차며 마당으로 내려섰다. 그녀는 섬의 다른 여인들에 비해 키가 크고 몸이 동실동실했다. 푼더분한 얼굴엔 복스러운 밤볼이 졌고 붉은 입술은 도톰하니 탐스러웠다. 참살이 포동포동 찐 데다 살빛이 맑고 목화솜처럼 보드라워서 큰 허우대에도 불구하고 앳되어 보였다. 그러나 가희처럼 뒷말을 좋아하는 여인들은 더러 명이의 투실투실한 엉덩이며 뚱한 표정이 미련해 보인다며 흉을 보기도 했다. 확실히 명이는 잔꾀가 많은 편은 아니었다. 욕심은 많지만 그걸 태연히 감추지 못해 걸핏하면 속내를 들켰다. 말을 살갑게 할 줄 몰라 데퉁스러운 구석이 있고 제 딴에는 열심히 머리를 굴린다고 하는데도 매번 생각이 요점에서 어긋나 생뚱스럽게 허방을 짚곤 했다. 그럼에도 똑 부러진다고 칭찬 듣는 것을 좋아하여 해식을 비롯한 그녀의 남자들이 늘 궁둥이를 토닥토닥 두드리며 여무지다고 입에 발린 소리를 해줘 버릇하니, 명이 자신은 스스로를 꽤 약았다고 여기고 있었다.

가희의 방에 들어섰을 때 그녀는 전모에 한지를 바르고 있던 중이었다. 대나무 살 사이에 한지를 대고 붉은 모란 꽃잎을 낱장씩 붙여 모양을 꾸몄다. 꽃잎에 바른 찹쌀풀이 흘러나오지 않도록 살짝 눌러 붙이는 손놀림이 빠르면서도 꼼꼼했다. 명이는 밋밋하던 전모가 화려하게 완성되는 것을 보며 감탄했다. 심보가 교활하고 얄밉긴 하지만 가희의 손재주는 인정할 만했다. 수를 놓거나 장신구를 만드는 솜씨가 보통이 아니었다. 여인들 중에는 어떻게든 그녀가 만든 치장거리를 하나 얻어보려고 아양을 떨며 비위를 맞추는 이들도 있었다.

"어쩐 일로 불렀대?"

명이는 버선코에 튀어나온 실밥을 만지작거리며 물었다. 가희는 빙그르르 전모를 돌려 점검하고 젖은 수건에 손을 닦았다. 그녀는 경대 안에서 천주머니 한 개를 꺼내 명이 앞에 밀어 놓았다.

"이게 뭐야?"

얇은 천 아래로 호박의 노란 빛깔이 비쳤지만 명이는 눈을 크게 깜빡이며 어리둥절한 척했다.

“이번 잔칫날 네가 거문고를 탄다는 소문이 있던데. 미색 저고리에 잘 어울릴 것 같아서 주는 거다.”

슬그머니 주머니로 손을 내뻗던 명이가 입을 씰룩였다.

“거 율이에게 넘어갔어. 수영 아씨가 연습을 더 해 오라 하더라.”

가희는 볕이 드는 창문 앞에 전모를 옮겨두었다. 젓빛 한지 위로 뽀얗게 빛이 스며들었다.

“아깝구나. 난 율이보다 네 거문고 소리가 좋던데.”

가채 위에 호박을 이리저리 대어보던 명이가 힐끗 가희를 쳐다보았다.

“에그, 율이 솜씨가 어디 보통인가?”

“같은 먹을 묻혀 쓴다고 글씨가 똑같지 않듯, 거문고 소리에도 제 나름의 멋이 있지 않니? 율이가 종달새처럼 가벼이 연주를 한다면 너는 박새처럼 그윽한 소리를 낸단 말이지. 다만 잔치는 수영 아씨 주관이니 네 솜씨가 아씨 취향이 아닌 게 아쉬울 따름이구나.”

명이는 손에 쥔 호박을 물끄러미 내려다보았다. 가희가 담뱃잎 쌈지를 펼치며 말을 이었다.

"사실 매화들이 잔치에 너처럼 서운해하는 아이들이 꽤 있지 뭐냐. 즐기자고 하는 잔치인데 마음 상하는 이가 있어 쓸는지."

"별수 있니, 뭐."

섬의 큰 잔치는 매화들이에서 열리는 게 당연시되어 있었고, 여인들 중 제일 어른 격인 수영이 매번 흠잡을 데 없이 멋스럽고 푸진 자리를 만들어냈다.

"내 전부터 다른 아이들과 생각해둔 게 있는데. 너에게 말을 해도 될지 모르겠구나."

"무슨 얘긴데?"

가희가 뜸을 들이며 곰방대에 담뱃잎을 꾹꾹 눌러 넣었다.

"함부로 누설되면 곤란해서."

"아유 답답해라. 좋은 게 있음 같이 좀 알자. 내 입이 뜬 건 너도 잘 알잖니."

입단속을 잘하겠다고 호언장담을 하는 와중에도 명이는 소문을 퍼뜨릴 생각에 명치끝이 간질간질해졌다. 가희는 입꼬리를 올리며 간사스러운 미소를 지었다.

"내 매화들이보다 좋은 집을 하나 지으려 한다."

대단한 것을 기대했던 명이는 코웃음을 쳤다. 이건 또 웬 새

빠지는 소리래. 매화들이는 단순한 연회 장소가 아니었다. 가장 빛이 잘 들고 기운이 충만하다는 집터였고 섬 안의 대소사를 가리는 수영의 권력의 상징이었다. 뿐 아니라 매화들이 안의 호수는 무녀인 매영의 지시에 따라 판 것으로, 달의 정기를 빨아들인다는 신비로운 통로였다. 매화들이와 수영은 떼려야 뗄 수 없는 관계였으며 둘이 어우러져 자아내는 위상은 절대적이었다.

"수영 아씨가 허락을 할런가?"

"매화들이에서 등한시하는 여인들에게 춤과 노래할 장소를 마련해주고 더 편히 드나들 수 있는 놀이터를 만들고자 하는 게야. 모두가 즐거울 수 있는 길인데 허락지 않을 건 또 뭐냐?"

곰곰이 생각을 해보니 그것도 맞는 말 같다. 수영은 기예의 수준을 엄격히 가려 잔치에 내세우기 때문에 악기 연주나 시 짓기에 서투른 이들은 좀처럼 앞에 나설 차례를 얻지 못했다. 명이도 그중 한 명이었다. 게다가 눈치를 보아하니 새 터가 생긴다면 그곳 잔치의 거문고 연주는 명이가 도맡아 할 수 있는 기회일 듯도 했다.

"하지만 네 집은 터가 좁잖아. 산 위에 지을 수도 없는 일이고. 남는 땅이 어딨다고."

가희는 이제야 말이 통한다는 듯 등을 꼿꼿이 펴고 앉았다.

"소경들을 시켜 숲을 정리할 거다."

숲이라면 노파들의 거처였다. 소경들이 사는 구역을 넘어 펼쳐진 음습한 숲에는 열 명 남짓 되는 노파들이 독버섯처럼 숨어 지냈다. 섣불리 들어갔다가 무슨 변을 당할지 몰라 여인들은 물론 소경들도 걸음 하길 꺼려하는 곳이었다.

"나무를 베어 터를 다듬고 매화들이보다 더 너른 호수도 팔 생각이야."

"그럼 거기 사는 할망구들은 어쩌고? 그네들이 순순히 숲을 떠나겠어?"

"너도 알다시피 그 노파들이 이 섬의 제일 큰 골칫거리 아니냐? 산짐승들을 길들여 남의 밭을 망치고, 불쑥 마을로 내려와 마당에 널어놓은 빨래를 훔쳐 가기도 하지. 그 흉하고 더러운 몰골은 또 어떻고. 섬에 전염병이 돈다면 전부 그 할망구들 탓일 게야."

명이는 언젠가 우물가에서 마주쳤던 할망구의 끔찍한 외양이 떠올라 몸서리를 쳤다.

섬의 노파들이 어디에서 온 이들인지는 알 도리가 없었다. 그들은 돌과 나무처럼 처음부터 이곳에 있었다. 산에 사는 멧돼지며 꿩이 언제부터 섬에 들어와 새끼를 낳기 시작했는지 심각하게 의심하는 사람이 없듯, 노파들의 존재에 대해서도 얼마만큼 궁금증을 갖긴 할지언정 크게 관심을 두는 사람은 없었다.

"노파들을 거두어 동굴에 가둘 예정이야. 섬을 흐리는 잡귀들을 처리하고 버려진 숲을 쓸모 있게 만드니 도랑 치고 가재 잡는 격이지."

눈에 거슬리는 건 분명하지만 그렇다고 한데 가둘 것까지 있을까. 동굴 벽을 긁으며 악다구니 쓸 노파들의 비명 소리를 상상하니 소름이 쭉 끼쳤다. 그 할망구들이 한을 품어 섬에 부정이라도 타면 어쩌려고. 명이는 선뜻 동조를 할 엄두가 나지 않았다.

"매화들이에서도 큰일을 도맡아 하는 네가 웬일로 다른 이들에게 마음을 쓰니?"

명이는 가희의 심중을 헤아리려고 골똘히 생각에 잠겼다. 얼마쯤 그러고 앉아 있으려니 새퉁스럽게 어제 먹은 반찬이 떠오르는 둥, 꿰매는 걸 깜빡 잊은 속곳 구멍이 떠오르는 둥 불쑥불쑥 딴생각이 치솟았다. 이내 머릿속이 사리사리 얽히며 따분해졌다. 명이는 쩟, 입맛을 다셨다.

"참, 얼마 전에 사내 하나가 섬에 왔다지? 꽤나 의젓하다던데, 봤니?"

화제가 바뀌자 가희는 보란 듯 선하품을 했다. 그만 자리를 떠달라는 신호였다. 그럼 그렇지. 가희는 늘 제 할 말만 쏙 하고 남의 수다에는 맞장구를 쳐주는 법이 없었다. 명이는 입을 삐죽이며 머리장식을 집어 들었다.

"새 집을 짓는 데 도울 마음이 들면 언제든 찾아오렴."

가희는 잘 가라는 인사 대신 못을 박듯 말했다.

밖으로 나온 명이는 집으로 가려던 걸음을 돌려 매화들이로 향했다. 얼마나 실한 사내가 들어왔기에 소문이 짝자그르한지 얼굴이나 구경하자. 그녀는 가채를 더듬어 호박장식을 찔러 꽂았다.

성우의 방은 비어 있었다. 소향이 그가 바닷가에 나갔다고 알려주었다. 명이는 산책도 할 겸 느긋하게 바다로 내려왔다.

모래사장을 따라 얼마쯤 걷자 멀리 사내의 뒷모습이 보였다. 명이는 신을 벗어들고 버선발로 모래를 밟았다. 성우라는 사내는 한눈에 보기에도 어깨가 듬직하고 등이 실팍했다. 명이의 걸음이 빨라졌다. 가까이 다가가서 보니 성우는 하릴없이 바닷가를 걷고 있는 게 아니었다. 그는 앞서 가는 여인을 좇고 있었다. 여인은 몇 걸음 걷다 쪼그리고 앉아 조개껍데기를 주워 유심히 들여다보고는 소쿠리에 담거나 다시 던져두길 반복하며 나아가고 있었다.

"쟤는 월화 아니야?"

성우는 네댓 걸음 사이를 두고 월화를 따르며 그녀가 버린 조개껍데기를 다시 주워 만지작거리곤 했다.

"조게 벌써 선수를 쳤나?"

명이는 침으로 입술을 적시며 슬쩍 웃었다. 다른 여인에게 정신이 팔린 남자를 넘보는 것만큼 얄궂은 재미가 또 없었다. 잘 익은 과일은 손에 쥐고 있을 때보다 나뭇가지 끝에 매달려 있을 때가 더 탐스러운 법이었다. 명이는 열매를 따지 않고 가지에 달아둔 채로 와작 베어 무는 것을 좋아했다. 나무를 희롱하는 기분이 들어 더욱 열매 맛이 좋기도 할뿐더러 더도 덜도 말고 딱 한 입만 먹는 그 얌체 짓이 그렇게 아찔할 수가 없었다.

주변을 두리번거리던 그녀는 소라껍데기를 하나 찾아 발치에 던져놓았다. 그러고는 모랫바닥에 철퍼덕 주저앉아 죽는 소리를 내며 앓기 시작했다.

"아야야, 내 발이야. 아이고 살가죽이 찢어졌네."

성우가 뒤를 돌아보았다. 월화도 흠칫 놀라 이쪽을 바라보았지만 퍼질러 앉아 있는 여인이 명이라는 것을 알고는 휙 돌아서버렸다. 성우가 멀어지는 월화와 명이를 번갈아 보며 머뭇거렸다.

"누가 나 좀 도와주오. 아파 죽겠소."

명이는 발을 쥐고 통곡했다. 곧 성우가 모래를 튀기며 달려왔다.

"무슨 일입니까?"

눈부신 해를 등진 그의 얼굴이 가마반지르하게 빛났다. 깨끗하고 건강해 보이는 낯이 명이의 기대 이상이었다.

"저것을 밟아 발이 찢어진 모양이오."

명이는 소라껍데기를 가리키며 눈물을 훔쳤다. 성우가 버선발을 조심스럽게 살폈다.

"피는 안 나는 것 같네요. 일어날 수 있겠어요?"

그녀는 심 봉사가 죽부인 끌어안듯 성우의 허벅지를 와락 끌어안으며 엉덩이를 치켜들었다가 다시금 풀썩 내려앉았다.

"못 하겠소. 다리에 힘이 없어."

성우는 도움 청할 곳을 찾아 주위를 두리번거렸다.

"얼른 약초를 대지 않으면 밤새 살이 곪을 것이오. 날 좀 업어다 줄 수 있겠소?"

성우는 적잖이 당황한 눈치였다. 명이는 어린아이처럼 콧물을 훌쩍였다.

"일단 업혀요."

명이는 때를 놓치지 않고 성우가 내민 등 위로 몸을 기울였다. 젖가슴을 힘껏 등판에 붙이고 손으로 그의 어깨를 살며시 눌러 잡았다. 사내의 등에서 스민 온기로 금세 젖가슴이 따끈해졌다. 명이는 그의 목에 팔을 두르고 양 허벅지로 허리를 꽉 조였다. 이제야 안심이 되는 듯 귓불에 대고 가늘게 숨을 몰아쉬자 성우의 혈관이 빠르게 두근거리는 것이 느껴졌다.

"고맙소. 거기가 아니었음 어쩔 뻔했는지. 내 이 은혜는 잊지 않고 갚으리다."

명이는 그의 귓불에 대고 콧소리를 섞어 속살거렸다.

골목 어귀까지 도달해 성우의 등에서 내린 명이는 무슨 일이 있었냐는 듯 궁둥잇바람을 하며 집으로 돌아왔다. 어쩐 일인지 대문이 반쯤 열려 있었다. 뒷간 갈 때가 아니곤 당최 댓돌 밟는 일 없는 해식이 웬일로 외출이라도 한 건가. 발을 떼려던 명이는 움칠 멈추었다. 마당 가장자리에 굵은 소낙비 내린 자국처럼 점점이 검붉은 자국이 떨어져 있었다. 그때 툇마루 밑에서 무언가가 날개를 푸득거리며 부리나케 달려 나왔다. 머리가 댕강 잘려나간 닭이었다. 닭은 잘린 목에서 피를 뿜어대며 제가 죽은 줄도 모르고 꽁지가 빠지도록 뒤뚱거리며 내달렸다. 곧이어 마루 밑에서 시커먼 짐승 한 마리가 마당 가운데로 튀어나왔다. 뻣뻣한 잿빛 털에 눈에 광기가 서린 짐승은 명이를 향해 날카로운 송곳니를 드러냈다. 삵이었다. 명이는 뒷걸음질을 칠 생각도 못한 채 온몸을 후들후들 떨었다. 삵은 닭에겐 흥미를 잃은 듯 명이를 향해 다가왔다. 오금에 소름이 쭉 돋았다. 삵이 몸을 웅크리는가 싶더니 목에서 그르릉 소리를 내며 명이를 향해 덤벼들었다. 털 비린내가 훅 끼쳤다. 명이는 엉덩방아를 찧으며 비명을 꿱 내질렀다. 정수리나 목덜미에 이빨을 내리찍으리라 생각했던 삵은 가뿐히 그녀의 몸뚱이를 뛰어넘어 대문 밖으로 착지했다. 명이는 간신히 눈동자만 돌려 삵의 동태를 살폈다. 삵은 순식간에 옆집 담을 타고 달려 사라졌다.

"날 불렀어?"

해식이 잠에서 덜 깬 눈을 비비며 방문을 열어젖혔다. 명이는 댓돌 옆에 뒹구는 닭의 모가지를 보았다. 눈꺼풀이 반쯤 감겨 게슴츠레한 닭 눈알이나 잠에 절어 풀린 해식의 눈이나 볼썽사납긴 매한가지였다. 제 계집이 죽을 뻔한 것도 모르고 태평스레 잠이나 처자? 저런 괘씸한 놈 같으니. 잘 씻지 않아서 고약한 입 냄새며 실컷 피 빤 거머리처럼 퉁퉁해진 배때기를 못 본 체해줬더니 나를 마을 개가 싸지른 똥보다도 하찮게 여긴다는 거지? 바닥에 퍼질러 앉은 채로 분에 겨워 씩씩거리던 명이는 이내 서러운 마음이 밀려들었다. 좀 전까지 업혀 있었던 성우의 튼실한 등이 못 견디게 그리워졌다.

"왜 거기 그러고 있어? 이리 올라와."

해식은 하품을 늘어지게 하며 손짓했다. 명이는 벌떡 자리에서 일어나 대문을 박차고 나왔다.

비탈진 밭길을 잰걸음으로 나아가면서도 명이는 연신 가슴을 주먹으로 두드려댔다. 지금껏 그녀가 택한 사내들은 처음엔 죽고 못 살 듯 안달을 내다가도 석 달이 지날 즈음 되면 명이를 식은 떡 보듯 했다. 그것은 그녀가 매번 신중치 못하게 사내를 택하는 데에 원인이 있기도 했다. 이를테면 이런 식이었다.

매화들이의 잔치에서는 이따금씩 여인들에게 선물을 풀어줄 때가 있었다. 꽃신이며 귀고리, 가락지, 손거울 등을 쌓아두고 마음에 드는 것을 집어 가라고 했다. 다른 여인들은 이것저것 집어 꼼꼼히 살핀 뒤에 무늬가 허술치 않고 제게 잘 어울리는 것을 골라 챙겼으나 명이는 달랐다. 그녀는 물건을 풀어놓기 무섭게 후다닥 달려들어 가장 빛나는 것 하나를 집어 들고는 살필 새도 없이 옷 속에 찔러 넣었다. 마음에 차는 것이 있으면 당장 손에 넣지 않고는 직성이 풀리지 않았다. 막상 나중에 두고 보면 어울리는 옷이 없거나 얼굴색과 조화롭지 않아 던져두기 일쑤였다. 사내들에 대해서도 다를 바가 없었다. 섬에 새로운 사내가 들어왔단 소문이 들리면 그녀는 누구보다 먼저 찾아가 그를 엿보고 앞뒤 가릴 것 없이 유혹했다. 그러나 어느 정도 시간이 지나고 나면 저와 맞는 구석이라곤 없어 애물

단지가 되어버리기 십상이었다. 그들은 다른 계집들이 만나는 사내들처럼 세련되지 않았고 함께 풍류를 즐길 만한 기예도 갖추지 못했다. 늘 이런 아쉬움에 투덜거리면서도 명이는 자신의 방식을 바꿀 의향은 없었다. 종마를 고르는 것도 아니고 이모저모 따져가며 사내를 골라서야 그게 뭔 재미람. 자고로 남녀의 정분이란 앞뒤 재지 않고 한눈에 불이 붙어야 멋스러운 게 아니랴. 성에 차지 않는 사내를 만난 것은 자신의 잘못이 아니요, 그저 운이 없었던 까닭이라고.

그녀는 해식도 이제 그만 살던 곳으로 돌려보낼 때가 된 것 같다고 생각했다. 살을 맞대고 지낸 정이 각별하다곤 해도 오늘 밤 합궁을 하고 나면 그는 감쪽같이 이곳의 일을 잊고 제 세계로 돌아가게 될 터였다. 이미 오만 정이 다 떨어져 미련이라고는 눈곱만큼도 없었다. 마지막으로 궁금한 게 있다면 지금껏 구경만 실컷 해온 그의 양물 맛이 과연 어떨까 하는 것뿐이었다.

밭을 지나 소경들의 구역으로 넘어온 그녀는 감씨 성의 소경을 불러냈다. 수염이 허옇게 센 감 씨가 비척비척 지팡이를 짚으며 걸어 나왔다. 에그그, 못 본 새 허리가 더 굽었구먼. 명이는 눈에 띄게 기력이 쇠한 그를 보며 속으로 혀를 찼다. 감 씨는 힘쓰는 일을 하지 못하게 된 뒤로 젓갈이나 장아찌 담그는 소일거리를 도맡아 하고 있다. 눈이 안 보이는데도 밴댕이며 오징어를 손질해 독에 쌓고 소금에 재워 묵혀낸 젓갈은 짜지도 않고 맛이 좋았다. 그 외에 생선을 말려 포를 뜨거나, 조개를 삶아 양념한 것을 반찬으로 해 나르기도 하였는데 웬 늙은이가 손맛이 그리 좋은지 하나같이 식감이 뛰어났다. 방금도 젓갈을 담그다 온 양으로 감 씨 노인에게서는 짠내가 코를 찔렀다.

“우리 집 뒷마당에 죽은 닭이 있소. 보기 흉하니 얼른 거두어 가시구려.”

“어쩌다 닭이 죽었습니까?”

“흥. 망할 놈의 삵이 내려와서 물어 죽이지 않았겠소?”

“아이고. 다친 데는 없습니까?”

“몸이 성하니 여기까지 걸어왔지.”

명이는 힝, 코웃음을 치며 말했다.

“요즘 삵이며 멧돼지가 내려와 사람들을 놀라게 하는 일이 종종 있다고 합니다. 조심하십시오.”

“그 험한 동물들은 할망구들이 길을 들이지 않았소? 그네들이 일부러 우리를 골리려고 동물들을 보낸단 말이 있던데, 사실이오?"

그러자 두 사람 뒤편에서 이야기를 엿듣고 있던 젊은 소경이 나서서 대답했다.

"조금 아까 노파 하나가 갸르릉거리는 삵을 데리고 지나는 소리를 듣긴 했어요. 옳지, 내 새끼, 잘했다, 잘했다, 하면서요."

명이는 마늘을 한 움큼 씹은 듯 속이 화르르 타오르는 것을 느꼈다.

"이런 못된 할망구를 봤나!"

그녀는 휙 돌아서서 흙길에 핀 잡초들을 꾹꾹 짓밟으며 걸었다. 이놈의 할망구들이 감히 날 놀려먹어? 그래, 가희 고것이 여우 같긴 해도 틀린 말을 한 적은 없었지. 이참에 그 애를 도와 고약한 할망구들을 싹 몰아내버릴 테다. 명이는 고개를 주억거렸다.

한걸음에 매화들이까지 찾아간 명이는 성우의 방문을 벌컥 열었다. 화선지를 펼치고 앉아 있던 그가 화들짝 놀랐다.

"괜찮아요?"

명이는 이이가 어째 난데없이 안부를 묻나 싶다가, 조금 아까 바닷가에서 엄살을 피운 일이 생각나 킬킬 웃었다.

"섬에 대해 궁금한 게 많다지 않았어요?"

그가 고개를 기우뚱했다.

"그랬지요."

"내 오늘 신세도 졌으니, 보답으로 질문들에 대한 답을 해주겠소."

성우는 무엇을 먼저 물어봐야 할지를 헤아리느라 복잡한 얼굴이 되었다.

"지금은 따로 볼일이 있다오. 이따 저녁을 자신 뒤에 바람도 쐴 겸 우리 집으로 오는 게 어떻겠소?"

명이는 그의 손에 들린 붓을 빼앗아 화선지 위에 제 집으로 오는 길을 대충 그려주었다. 붓을 도로 건네던 그녀는 새끼손가락을 슬쩍 붓 끝에 닿게 해 먹물을 묻혔다.

"아이, 참."

그녀는 앙탈을 부리듯 성우의 손등에 먹물을 문질러 닦고는 자리에서 일어섰다.

저녁상을 일찍 물린 후 명이는 소쿠리 가득 풋자두를 담아 들고 들어왔다. 다른 때보다 적게 담아준 밥을 먹고 아쉬운 입맛을 다시던 해식이 냉큼 풋자두 한 알을 집었다. 비스듬히 드러누운 채 자두알을 와작 깨물더니 시어 못 견디겠다는 듯 눈을 찡그리며 과육을 뱉어냈다. 명이는 속으로 그의 바보 같은 얼굴을 조롱하면서도 겉으로는 까르륵 소리 내어 웃었다.

"입에 넣으라고 씻어 온 게 아닌걸."

그녀는 단단하고 차가운 자두알을 하나 골라 그의 목덜미에 대고 살살 굴리듯 문질렀다.

"당신은 종일 누워만 있으니 건강이 나빠질까 걱정된단 말이지. 이건 당신 같은 사람에게 효과가 딱이라우. 설익은 자두의 단단함이 막힌 혈을 풀어주고 앳된 열매의 싱싱한 기운은 시들시들한 살갗에 생기를 불어넣어준다오."

매끈한 자두알이 기분 좋게 목과 어깨를 희롱하자 해식은 금세 눈이 게슴츠레해졌다.

"옷을 벗고 엎드려보시오."

명이가 그의 등짝을 찰싹 때리며 말했다. 해식은 불린 콩알에서 콩깍지 벗겨내듯 윗도리 아랫도리에 속곳까지 훌렁훌렁 벗어던지고는 이부자리 위에 몸을 내뻗었다. 명이는 저고리와 치마를 벗고 속곳 차림으로 그의 등허리에 올라앉았다. 자두

두 알을 집어 그의 등빼를 따라 가만가만 굴려 내려갔다. 정성스럽게 양 궁둥이를 문질러주고 비역살 쪽으로 내려오자 해식이 슬그머니 허벅지를 벌렸다. 평소엔 거무튀튀하던 것이 눌려 불그레해진 것을 보니 명이도 덩달아 귓불이 따끈해지며 아랫배가 기분 좋게 간지러워졌다. 아직 붉은 물이 들지 않은 연둣빛 자두알 위로 그의 음낭이 부드럽게 맞닿는 게 느껴졌다. 해식의 몸이 움칠거렸다. 그녀는 다시 옴폭 들어간 무릎 뒤와 종아리를 타고 자두알을 놀린 뒤 과일을 그만 내려놓고는 그의 왼발 회목을 살짝 꼬집었다.

"돌아누우시오."

명이는 더운 척 손부채질을 하며 방문을 약간 열어두었다.

해식의 양물은 이미 성이 날 대로 나서 곧추서 있다. 그녀는 그것을 못 본 체 손끝을 세워 그의 젖꼭지를 가볍게 긁어주었다. 해식이 더 이상은 못 참겠다는 듯 그녀의 속곳을 벗겨 던졌다. 해식은 몸뚱이를 두방망이질하는 욕정에 취한 채로 정신을 빼앗기고 있었으나 명이는 그사이 대문간을 넘어서는 인기척을 재빨리 감지했다. 마당의 발소리는 잠시 주춤하는 것 같더니 이내 방문 가까이로 다가왔다. 문밖의 사내는 놀란 기색이 분명했지만 자리를 피하지 않았다. 오히려 좀 전보다 바짝 문틈에 눈을 대고 있었다.

몸 안의 것을 쏟아낸 해식은 죽은 듯 곤히 잠들었다. 그의 의지에 따른 잠은 아닐 터다. 얼마 안 있으면 그는 잠에 취한 채로 집을 나설 것이다. 섬을 돌아 노파들의 숲까지 정신없이 이르러 그 끝에 이어진 절벽 아래로 짚더미처럼 몸을 던지게 되어 있다. 섬에 들어오기 전 해식은 찻집에 앉아 친구를 기다리고 있던 중이라고 했던가. 벼랑에 떨어지는 순간 그는 다시 그곳의 창가에 앉아 턱을 괸 채로 시계를 들여다보고 있을 것이다. 친구가 문을 열고 들어서면 반가이 웃으며 손을 들어 보일 테지. 이곳에서 보낸 오랜 시간은 그의 세상에선 눈 깜빡할 새도 못 되는 찰나에 불과했다.

문밖 사내의 발걸음 소리가 조심스럽게 멀어졌다. 몸을 씻고 새 옷을 꺼내던 명이는 만사가 귀찮아져 벌렁 드러누웠다.

다음 날 눈뜨기 무섭게 명이는 몸단장을 하고 성우를 찾아갔다. 이른 오전의 매화들이는 따사로운 볕을 가득 담고 있었다.

호수는 잔물결 한 올 없이 맑고 고요했다. 이토록 맑은 물을 볼 때면 명이는 이상하게도 가슴 한구석이 딱딱해지곤 했다. 말끔히 쓸고 닦아 반짝반짝 윤이 나는 방에 홀로 앉아 종일 누군가를 기다리다가, 밤이 되어 방바닥을 어루만졌을 때 손바닥에 하얗게 묻어나는 먼지를 보았을 적의 쓸쓸함 같은 심정. 에이그, 주책이야. 명이는 혼잣말을 종알거리며 차가운 물에 가볍게 손을 적셨다.

성우는 방문을 열어놓은 채로 잠들어 있었다. 방 안에는 여러 장의 화선지가 웅크린 새처럼 구겨져 나뒹굴었다. 명이는 그의 머리맡에 놓인 그림을 집어 들었다. 곧 그녀의 눈이 동그랗게 커졌다. 화선지에는 세 남녀의 모습이 새겨져 있었다. 벌거벗은 여인은 사내의 무릎 위에 앉아 있다. 눈부시도록 하얗고 흐벅진 허벅지를 한껏 벌린 채 사내와 교합한 부위를 드러낸 모습이 잔부끄러움이라고는 없이 대담하지만 천하거나 상스럽게 보이진 않았다. 여인을 안은 사내는 얼굴이 불그죽죽하게 상기되어 고개를 젖히고 있다. 또 다른 사내 하나는 문밖에 숨어 좁은 틈으로 그 모습을 엿보고 있었다. 아무리 봐도 그림 속 여인은 명이 자신이 분명한데, 저를 안고 있는 사내는 늙고

비쩍 여윈 게 해식보다 영 생김새가 못되었다. 기척을 느낀 성우가 눈을 비비며 일어났다. 명이는 시치미를 뚝 떼고 그림을 내려놓았다.

“어젠 왜 오지 않았소?”

그녀는 짓궂게 물었다.

“가던 중에 길을 잃어서…….”

말끝을 흐리던 그가 방바닥에 놓인 그림을 발견하고는 재빨리 거두려 했다. 명이는 날쌔게 달려들어 그의 손에서 그림을 빼앗았다.

“이런 엉큼한 사내를 보게. 혼자 방구석에 틀어박혀 이런 것을 그리고 있었소?”

대거리라도 할 줄 알았던 성우는 금세 얼굴이 달아올랐다. 명이는 쩔쩔매는 모습이 재미나서 더 골려주자고 생각했다.

“지어내서 그린 게요, 어디서 본 것을 그린 게요? 요 그림 끝의 얼룩은 일부러 묻힌 게 아닌 듯한데. 무슨 물이 튄 자국이오?”

명이는 화선지 끝자락의 물 마른 자국을 가리키며 호도깝스럽게 떠들어댔다. 더 놀릴 거리가 없나 싶어 그림을 살피던 그녀의 눈썹이 서서히 치켜 올라갔다. 눈을 가늘게 뜨고 그림을 유심히 들여다보더니 돌연 얼굴이 붉으락푸르락해졌다.

"이리도 속된 그림은 내 처음이오."

명이는 그림을 착착 접어 제 저고리 속에 밀어 넣었다.

"누가 볼까 염려되니 내가 챙겨 가겠소."

"무슨 소리입니까? 내놔요."

"흥. 지난밤 엿본 모습을 고대로 그려놓은 것을 내 모를 줄 알고? 망신당하고 싶지 않으면 잔말 마시오."

사정없이 쏘아대는 명이의 공격에 성우는 내밀었던 손을 슬그머니 떨어뜨렸다. 화를 누르려 코를 킁킁거리던 그녀는 댓돌에 놓인 제 꽃신을 물끄러미 내려다보다가 고개를 들었다. 그 사이 성우는 머쓱함을 감추지 못하고 괜한 화선지 조각들만 만지작거리고 있었다. 순진한 사내가 곤란해하는 모습이 귀엽고도 안쓰럽게 느껴진 명이는 한쪽 무릎을 세우고 자세를 고쳐 앉았다.

"어제 물으려 했던 것들은 무엇이오? 약속대로 내 답은 해주고 싶소만."

명이의 눈치를 보며 머뭇거리던 성우가 입을 떼었다.

"섬에서 눈이 먼 남자들을 봤습니다. 한두 명도 아니고 여럿이던데. 무슨 일이라도 있었던 겁니까?"

"일이라면 일이지. 당신도 알다시피 이곳에선 남녀가 몸을 섞으면 사내가 섬을 떠나도록 되어 있소. 하지만 아주 드물게는 지독한 열병에 빠져서 섬을 떠나지 못하는 사내들도 있소. 보통은 잠에 취한 채로 벼랑에 떨어져 제 세상으로 회귀하는 것이 옳은 길이지만, 그처럼 정이 깊이 박힌 사내들은 벼랑에 이르기를 거부하고 귀신처럼 며칠이고 섬을 헤맨다오. 그쯤 되면 무녀인 매영이 사내들을 거두어 길을 택하기를 강요한다오. 성기능을 상실한 소경이 되어 평생 섬 안에서 종으로 살 것인지, 떼밀려서라도 제 세상으로 돌아갈 것인지를 말이오. 전자를 택한 자들이 지금 섬에 살고 있는 소경들이라오. 뭐, 같은 땅을 밟고 서 있다고는 하지만 그들은 제 여인을 볼 수도, 만질 수도 없소. 물론 여인이 다른 사내와 연분을 맺게 되어도 나서서 막을 수 없지요. 그저 한곳에 있다는 것만을 위안으로 잡일을 도우며 살아갈 뿐이라오."

"어이가 없네. 그런 악조건에서도 남길 바라는 사람들이 있단 말입니까?"

명이는 고개를 끄덕였다. 성우는 생각만 해도 갑갑하다는 투로 무어라 구시렁거리더니 곧 다음 질문을 던졌다.

"월화를 아십니까?"

"…… 알 만큼은 알지요."

"얘기 좀 해주세요. 뭐든 좋습니다."

궁금하다는 게 고작 월화 계집애 얘기였다니. 명이는 제 딴에 곰곰이 생각한 후 대답을 내놓았다.

"도예를 즐기는 건 알겠지요? 섬에서 쓰는 도자기는 거의 그 애가 빚고 있소. 그 일을 오래 한 것치고 솜씨가 썩 빼어나진 못하다오. 쉽게 금이 가고 모양도 촌스러운 항아리를 나도 마지못해 쓰고 있으니. 새침해 보이지만 한번 입을 열었다 하면 옆에 있던 바위가 일어나 줄행랑을 칠 정도로 수다스럽기도 하다오. 뿐이겠소? 몸집은 작은 게 고집은 무척 세지요. 누군가와 다투기라도 하면 제가 잘못하고도 절대 미안하단 말을 꺼내지 않는다오."

힐끗 성우의 표정을 살폈지만 별로 동요하는 것 같지 않았다.

"참, 그리고 꽤 오래전부터 함께 지내는 사내가 있소. 체격이 우람하고 아주 호탕한 사내지요."

그제야 듣고 있던 낯빛이 어둑해졌다. 명이는 깨강정을 씹은 듯 고소해하며 꽃신에 버선발을 밀어 넣었다.

"온 지 얼마 안 되어 모르는 모양인데, 섬에는 월화보다 아리따운 여인들이 넘쳐난다오. 굳이 사내가 있는 계집을 탐하다 콧등 부러질 필요가 있겠소?"

호숫가로 나온 명이는 품 안에서 종이를 꺼내 그림을 들여다보았다. 자꾸 보니 크게 부풀려 그린 밑도 썩 흉하지 않았다. 그림 속 여인은 달덩이처럼 복스럽고 화사했다. 여인의 허리춤을 끌어안고 있는 사내를 보자 해식이 떠올랐다. 바스러진 옥가락지의 조각처럼 무언가가 반짝, 그녀의 안에서 예쁘게 빛났다. 그러나 그것은 아주 찰나에 불과했다. 명이는 이마 위로 손차양을 만들고 풍만한 엉덩이를 흔들며 다시 걷기 시작했다. 그림을 자랑하러 한주의 집으로 향하는 길이었다.

5

세수를 하던 성우는 물속에 비친 자신의 모습을 들여다보았다. 섬에 들어온 이후 그는 이상하리만치 현실 세계에 대한 걱정을 등한시하고 있었다. 가족과 친구들의 얼굴, 매일 오가던 동네의 골목과 학교 교정, 심혈을 기울여 작업하던 졸업 작품 등이 오래전에 사라진 버스 노선처럼 아득하게 여겨졌다. 막 이곳에 들어왔을 때 느꼈던 막연한 절망감도 희미해졌다.

밤마다 잠들기 전에 그는 잠깐씩 차 사고가 났던 순간이나 어머니의 얼굴을 떠올려보곤 했다. 그러나 부윰한 빛이 문 안으로 스미는 동틀 녘에 눈을 뜨고 나면 그는 전혀 다른 존재를 향한 그리움에 사무쳐 몸을 떨고 있었다. 물에 서서히 몸이 잠기듯 꿈결 속으로 빠져들 때면 그 강의 건너편에서 항상 같은 여인이 그를 기다렸다. 지난밤 꿈에서 그녀는 그의 팔을 베고 누워 있었다. 자그마한 몸을 웅크린 채 왼쪽 가슴께에 따뜻한 숨을 내쉬며 곤히 잠든 모습이었다. 이마를 그의 겨드랑이에 바짝 숙여 붙이고 있어서 얼굴을 들여다볼 수 없었지만 월화가 분명했다. 그녀는 표정을 들키는 게 두렵기라도 한 듯 꿈속에 나타날 때마다 애써 제 얼굴을 감추려 했다. 그 대신 그의 손을 쥐거나 등을 끌어안는 등 몸의 한 부분은 꼭 맞닿게 한 채로 더욱 가슴을 애타게끔 하였다.

성우는 대야의 물을 쏟아버렸다. 며칠 전 그를 찾아왔던 명이의 말이 떠올랐다. 묻는 질문에 뭐든 대답을 해줄 것처럼 살갑게 굴던 그녀는 얘기 도중 심기에 거슬리는 게 있었던지 돌연 퉁명스러워지더니 홀연히 자리를 떠버렸다. 그녀는 더 궁금한 게 있으면 섬의 무녀인 매영이나 찾아가보라는 말을 남겼었다.

무녀 매영의 집은 노파들이 사는 숲의 초입에 있다고 했다. 길을 알려준 수영은, 소경들이 사는 밭 쪽으로 돌아가지 말고 산을 넘어갈 것을 당부했다. 밭의 뒤편은 종종 노파들이 출몰

하곤 하니 가능한 한 발을 들이지 않는 게 좋다는 것이었다.

산의 오르막길은 돌계단이 나 있어 비교적 수월하게 올라갈 수 있었다. 그러나 내리막길은 길이 전혀 닦여 있지 않은 야생의 모습 그대로였다. 나무덩굴을 밟아 몇 차례 미끄러지고 나자 등판이 진땀으로 축축하게 젖었다. 팔뚝은 가지에 긁혀 상처투성이고 바지는 이미 흙 범벅이 되어 있었다. 멀리 계곡물 흐르는 소리가 들렸다. 성우는 나무 기둥을 붙들고 조심스럽게 발을 내딛으며 산길을 내려왔다. 끝이 없을 것 같던 덤불을 헤치며 한참을 내려오자 자그마한 집 한 채가 나타났다. 반가운 마음에 걸음을 빨리하던 그는 우뚝 자리에 멈춰 섰다. 대문 앞에 검은 개 두 마리가 서서 그를 노려보고 있었다. 그의 시선을 느끼기 무섭게 개들은 맹렬하게 짖어대기 시작했다. 늑대만큼 커다란 몸집에 눈은 적개심으로 사납게 번뜩였다. 성우는 오도 가도 못한 채 개들을 마주 노려보았다. 도망치는 순간 개들은 용수철처럼 튀어나와 그를 덮칠 것이 분명했다. 그는 천천히 몸을 낮추어 발치에 놓인 돌을 주워 들었다. 개들이 덤벼들기라도 하면 주저 없이 머리통을 내리칠 생각이었다.

"시끄럽다!"

등 뒤에서 날카로운 여자의 목소리가 불거져 나왔다. 개들은 꼬리를 내리며 마당 안으로 숨어들었다. 비쩍 여윈 여인이 매캐한 향내를 풍기며 성우의 곁을 지나쳐 내려갔다. 옆구리에 낀 소쿠리에는 풀뿌리가 소복이 담겨 있었다. 성우는 주춤거리며 그녀를 따라 산을 마저 내려왔다. 마당으로 들어선 매영은 장독 위에 소쿠리를 내려놓았다. 개들이 그녀의 곁에서 꼬리를 치며 맴돌았다. 날카롭게 빛나던 검은 털은 달빛을 받은 오동나무 잎처럼 차분한 윤기가 흘렀다. 마당 구석에는 이파리 한 점 매달리지 않아 말라 죽은 것으로 보이는 나무 한 그루가 서 있었다. 가느다란 나무 기둥에는 짙붉은 천이 매어져 있고 그 밑으로 자그마한 독들이 입을 굳게 닫은 두꺼비처럼 앉아 있었다.

매영은 툇마루에 퍼질러 앉아 성우를 건너보았다. 햇볕 아래에 있을 때는 성우 자신보다 어린 소녀인 것 같았다가, 처마의 그늘이 슬쩍 드리우자 노파처럼 노쇠해 보였다. 턱이 뾰족하고 팔초한 얼굴이며 짖던 개들보다도 서슬 푸르게 빛나는 두 눈동자가 잘 벼려진 화살촉을 연상시키는 여자였다. 가느다란 목덜미에는 땀에 젖은 머리칼이 엉겨 붙어 있었다. 그녀의 저고리 앞섶을 바라본 성우는 급히 눈길을 돌렸다. 짧은 저고리 밑으로 길쭉한 병젓이 출렁이며 늘어져 있었다.

"그 손에 든 것은 날 주려 챙겨 온 겐가?"

성우는 여태 돌을 꽉 쥐고 있었다는 걸 깨닫고는 얼른 멀찍이 던져버렸다. 매영은 낄낄거리며 누렇게 때 탄 버선을 벗었다.

"험한 꼴을 보아하니 재미 삼아 산을 탄 것 같진 않고. 예까지 어쩐 일인가?"

성우는 시선 둘 곳을 찾지 못해 애매하게 대들보를 바라본 채로 입을 열었다.

"물어볼 것이 많아서 찾아왔습니다."

"그렇지. 낯빛이 칙칙한 게 골속에 벌레가 드글드글 끓는구먼."

매영은 주먹으로 제 목 언저리를 툭툭 두드리며 말을 이었다.

"그런데 이걸 어쩌나. 난 남이 묻는 말엔 대답을 못 하게 되어 있네. 요 구멍이란 것이 하고픈 말이 있을 땐 터진 쌀자루처럼 와르르 쏟아내다가도 남이 밥수저를 들이밀면 토악질을 해버리거든."

매영의 목소리는 음이 높고 가늘게 떨려서 성우는 귀신이 조잘거리는 걸 듣고 있는 듯 귓전이 서늘해졌다.

"근데 왜 그리 딴 델 보고 서 있나? 혹시 내 젖 보기가 부끄러워 그런가?"

성우는 어지러워지는 정신을 바로잡기 위해 고개를 세차게 흔들었다.

"이건 다른 계집들이 달고 다니는 거랑은 아주 다른 젖통이야. 섬에 이변이 생기면 애도 배지 않은 내 젖이 퉁퉁 불면서 젖몸살이 오거든."

자칫 그녀가 입을 닫아버리기라도 할까 봐 염려스러워진 그는 입안에 맴도는 질문들을 목구멍 안으로 밀어 넣었다.

"겁을 바짝 집어먹은 얼굴을 보니 아직도 이곳이 귀신 사는 섬이라 믿는 게로구먼. 히히. 그리 생각하는 것도 무리는 아니지. 여기 계집들은 늙지도 죽지도 않으니 말이야. 얼마나 살았는지는 나 말곤 아무도 모르지. 계집들은 지들이 어디서 왔는지, 이 섬이 어떻게 만들어졌는지도 기억하지 못하는 맹추들이니깐."

히죽거리며 말하는 매영의 두 눈은 탁한 잿빛이었다. 성우는 동요하는 기색을 내비추지 않으려 꿋꿋이 버티고 서 있었다.

"섬에 흘러드는 사내들을 후리며 제 미색을 뽐내기 바쁘지만 알고 보면 아주 불쌍한 것들이라고. 죽어라 정분질을 하지만 결국 사내들은 지들을 떠나거나 눈이 멀어버리거든. 백년해로라는 게 없지. 히히. 따지고 보면 내 팔자가 제일 기구하지만서도. 남들이 모르는 걸 혼자 안다는 게 얼마나 미치고 환장할 일인지 넌 모르지? 난 네가 찾아오리란 것도 일찍부터 알고 있었어. 넌 이곳에 와선 안 될 놈이었거든."

성우는 자신도 모르게 몸이 떨려오는 것을 감추기 위해 주먹을 쥐었다.

"이곳 계집들은 늙질 않으니 죽음이란 걸 모르지. 소경들은 죽을 때가 되면 소리 없이 바다로 뛰어들어 사라져버리니 그저 제 살던 데로 떠났구나, 하고만 여기는 거야. 하지만 목이 베이거나 물에 빠지면 고 계집들도 영락없이 죽게 되어 있어. 아무도 죽음을 가르쳐주지 않아 다만 모르고 있을 뿐. 근데 네놈이 와서 이젠 모든 게 달라질 게야."

매영은 신이 난 듯 마룻바닥을 손으로 두드렸다.

"죽는 게 뭔지 네놈이 알려주게 될 거거든."

성우는 뒷걸음질을 쳤다. 매영은 몸을 들썩이며 경기를 일으킨 듯 웃어댔다. 대문간을 빠져나오기 전 그녀는 그의 가슴팍을 향해 손가락질을 했다.

"명심해라. 문을 두드리면 둘이 죽고, 그냥 돌아서면 하나가 죽는다."

성우는 정신없이 산을 올랐다. 매영의 웃음소리가 귓가에서 떠나질 않았다. 그는 바지자락이 나뭇가지에 걸려 찢어지는 것도 모른 채 산길을 헤치며 나아갔다. 물소리 들려오는 곳을 따라 휘청휘청 걸어갔다. 이어 다다른 곳에는 한 품쯤 되는 너비의 맑은 계곡이 기운차게 흐르고 있었다. 그는 바위 틈새로 뿜어져 나오는 물줄기를 받아 귀를 씻었다. 얼굴과 목을 문지르다가 아예 얼음장처럼 차가운 물속으로 뛰어들었다. 얼마쯤 물속에서 허우적거리다가 기진맥진해져 바위 위로 기어올랐다. 팔다리를 대자로 뻗고 볕에 몸을 말렸다. 한기가 돋아 부르르 떨리던 몸이 한풀 가라앉고 나자 때아닌 졸음이 밀려왔다.

"성우야! 일어나봐. 성우야!"

누군가 몸을 흔들어대는 통에 그는 얼굴을 찡그리며 깨어났다. 불그스름하고 넙데데한 얼굴이 그를 내려다보고 있었다. 벽장코의 남자는 안심한 듯 이를 드러내며 활짝 웃었다. 낯익은 얼굴. 그 얼굴을 기억해내려 머릿속을 더듬던 성우는 짧은 현기증을 느꼈다.

"나야, 종민이. 황종민."

그제야 성우는 눈앞의 남자를 알아볼 수 있었다. 고등학교 시절 같은 반이었던 적은 없지만 점심시간마다 축구를 하며 알고 지냈던 동창생이었다. 그런데 그가 어떻게 지금 이곳에 있는 것인가? 성우는 얼떨떨한 기분으로 눈을 껌뻑였다.

"와, 진짜 반갑다. 이런 데서 아는 사람을 만날 줄이야. 너 어디 아픈 건 아니지? 일어날 수 있겠냐?"

흥분한 종민은 속사포처럼 말을 뱉어냈다. 성우는 찬찬히 몸을 일으켰다. 젖은 옷에서 흘러나온 물기로 바위는 검게 물들어 있었다.

"넌 뭐 하다 여기 오게 된 거야? 아니, 그동안 잘 지냈냐? 온진 얼마나 됐어? 왜 지금껏 한 번도 마주치질 않았지?"

성우는 피뜩 종민의 어깨 너머를 바라보았다. 계곡 옆길을 따라 상아색 치맛자락이 펄럭이며 다가오고 있었다. 바람이 불자 치마가 몸에 감기며 여인의 가느다란 굴곡이 드러났다. 상수리나무 이파리 사이로 월화의 얼굴이 비치었다. 땀이 송골송골 맺힌 이마가 햇빛을 받아 반짝였다. 두 손으로 받쳐 든 넓적한 나뭇잎 위에는 빨갛고 싱싱한 산딸기가 한가득 담겨 있었다.

"얼른 이리 좀 와봐!"

월화를 본 종민이 손짓하며 재촉했다. 그의 부름에 그녀는 활짝 웃으며 잰걸음으로 바위까지 다가왔다. 성우는 두 사람의 얼굴을 번갈아 바라보았다. 월화에게 함께 사는 남자가 있다던 명이의 말이 떠올랐다. 순간 성우는 그 얘기가 사실이었다는 데에 절망하였고, 상대가 종민이라는 것에 안도하였으며 자신을 바라본 월화의 표정이 미묘하게 흐트러졌다는 걸 깨닫고 숨죽여 전율했다. 월화의 남자가 종민이라면 승산이 있었다. 학창 시절 종민은 성적이 우수한 데에 비해 영악한 구석이라곤 없는 녀석이었다. 구김살 없이 호탕한 성격이긴 했으나 외골수인 데다 단순했다. 축구를 할 때에도 공을 받으면 주위를 살피거나 패스할 생각을 못 한 채 골대를 향해 냅다 내달리기 바빴다. 그런 그의 공을 매번 낚아챘던 선수가 바로 성우였다. 성우는 종민의 습관을 간파하고 내내 주시하고 있다가 그가 틈을 보일 때가 되었다 싶으면 인정사정없이 달려들어 태클을 걸었다. 그러나 종민은 공을 빼앗겼다는 사실에만 분개할 뿐 그 상대가 항상 성우라는 사실조차 알아채지 못했다.

종민이 월화에게 성우를 소개했다. 그녀는 입을 꾹 닫고 나무 잎사귀를 만지작거렸다.

"난 딸기나 씻어 올래."

월화는 발치의 물가를 놔두고 계곡의 하류로 내려갔다. 흐뭇한 얼굴로 그 뒷모습을 바라보던 종민이 성우의 어깨를 툭 쳤다.

"어디까지 얘기했지?"

종민은 그간의 일들을 말해주었다. 밤늦게 수영 연습을 하다가 풀장 벽면의 배수구로 빨려 들어가는 듯한 환시를 겪으며 섬으로 넘어오게 되었다는 것, 월화에게 첫눈에 반해 이곳에 정착하기로 결심했다는 것, 날짜 수로만 세어보면 2년 가까이 그녀와 함께하고 있다는 것, 앞으로도 그녀의 곁에 머물며 현실 세계를 포기할 생각이라는 것 등등 성우의 짐작에서 크게 벗어나지 않는 이야기였다. 월화가 저 아래서 종민을 부르자 그는 벌떡 자리에서 일어났다.

"매화들이에 있다고 했지? 내가 조만간 찾아갈게. 우리 그때 제대로 얘기하자."

종민은 절굿공이처럼 굵고 기다란 팔을 힘차게 휘저으며 바위에서 뛰어내렸다. 우거진 나무 사이로 월화에게서 산딸기를 받아 드는 종민의 모습이 보였다. 성우는 축축한 팔을 쓸어내렸다. 간밤의 꿈속에서 품 안에 안겨 잠들어 있던 월화의 온기가 아직도 스미어 있었다. 부드러운 머리칼 사이로 민들레 홀씨같이 희던 가마가 눈에 삼삼했다. 성우는 월화의 곁에서 아이처럼 즐거워하고 있는 종민을 뚫어져라 쏘아보았다.

매화들이의 마루에는 대여섯 명 여인이 모여 있었다. 그녀들은 수군거리며 이야기를 나누다가 성우를 발견하자 약속이라도 한 듯 입을 다물었다. 마루의 중심에는 가희가 부채질을 하며 앉아 있었다. 여인들은 성우가 혹 이야기라도 엿들었을까 싶은 표정으로 가희의 눈치를 보았다.

"아이코야, 어디서 산짐승이 기어오는 줄 알았네. 멧돼지와 힘자랑이라도 하다가 온 게요? 꼴이 말이 아니구려."

가희는 흙투성이가 된 성우의 모습을 보며 깔깔 웃었다.

"그럼 이만들 돌아가시게나."

그녀의 말이 끝나자마자 여인들은 끙 소리를 내며 자리에서 일어나 마루를 떠났다. 성우가 소맷부리에 말라붙은 흙덩어리를 털어내며 방으로 돌아가려 할 때였다.

"잠깐 얘기 좀 나눌 수 있겠소?"

가희가 마룻바닥을 턱짓하며 물었다. 성우는 얌체 같은 그녀의 말투와 몸짓이 얄미우면서도 그 요염한 체취에 이끌려 못 이기는 척 마룻바닥 끝에 엉덩이를 걸쳤다.

"월화와의 정이 맘처럼 안 풀리나 보오?"

그녀는 부채질을 하며 약을 올리듯 물었다.

"정은 무슨."

"귀신은 속여도 나는 못 속이니 솔직하게 말해보시구려. 월화와 정분난 사내를 쫓고 그 애와 연을 맺고 싶은 게 아니오?"

성우는 신발 벗은 발바닥을 주물렀다.

"여기서도 남녀 간의 질투와 배신은 다반사라오. 눈에 드는 여인과 맺어주는 데는 나만 한 중매인이 또 없지. 괜한 사내와 개싸움은 하지 말고 나와 거래를 하는 게 어떻겠소?"

이 여자라면 약속을 하고 뒤통수를 쳐도 도끼로 내리칠 것 같은데 거래라니. 성우는 콧방귀를 뀌었다. 가희는 그럴 줄 알았다는 듯 허리를 펴고 앉으며 부채를 접었다.

"마음이 바뀌면 찾아오시오. 나는 한 입으로 두말 안 하고, 내뱉은 말은 반드시 지키는 사람이라오. 그러한 만큼 약속을 어기는 자는 절대 용서치 않기도 하니 후에 날 찾아올 때에는 각오를 단단히 하고 오는 게 좋을 것이오."

가희는 불쑥 성우 쪽으로 몸을 기울였다. 저고리 안쪽으로 비밀스러운 가슴골이 들여다보여 성우는 흠칫 물러났다. 성우의 목덜미를 쿵쿵거리던 가희가 치마를 털며 일어섰다.

"매영을 만나고 왔구려. 그이는 너무 가까이해서 좋을 데가 없으니 조심하는 게 나을 거요."

가희가 치마를 부스럭거리며 매화들이를 나간 후에도 성우는 한참이나 발바닥을 주무르며 멍청히 앉아 있었다. 월화와 다정히 웃고 떠들던 종민의 모습이 도무지 뇌리에서 지워지질 않았다. 단순무식한 녀석이 뭐가 좋다고……. 그러나 한편으로는 건강하게 그을린 그의 피부와 근육이 갈라진 단단한 팔다리를 떠올리니 월화가 품은 호감이 이해되기도 하였다. 성우는 슬그머니 울화가 치밀어 자리를 박차고 일어섰다.

마당을 돌아 방으로 돌아갔을 때 방문 앞에는 두 명의 여인이 재잘거리며 앉아 있었다. 발걸음 소리를 들은 둘은 말을 멈추고 동시에 성우를 돌아보았는데, 그 예쁘장한 얼굴이 데칼코마니처럼 똑같았다.

"어머 이제야 왔네. 얼마나 기다렸다고."

"가희 언니랑은 무슨 얘길 그리 했나? 둘이 벌써 친해진 거요?"

높은 톤이면서도 아기 솜털이 돋은 듯 부드러운 목소리가 산새 지저귐 같았다. 악의라고는 없어 보이는 해맑은 얼굴의 일란성 쌍둥이는 치마를 살짝 들어 올리며 인사를 해 보였다.

"선이요."

"은이요."

두 사람은 쪼르르 성우에게 달라붙어 팔짱을 끼고 그를 툇마루에 끌어다 앉혔다. 졸지에 쌍둥이 사이에 앉은 성우는 얼굴이 붉어진 채로 당황하고 말았다.

"아니, 명이 언니만 그림을 그려주기가 있소, 없소?"

"고거 참 그림이 눈에 착착 달라붙는 게 아주 탐이 나지 않겠소?"

"명이 언니가 뭘 해줬을지 몰라도 우리는 뭐든 그 두 배로 해주겠소."

둘은 서로를 마주 보며 딱 봐도 무슨 말인지 알겠지 않느냐는 표정이었다.

"그러니 우리도 고 그림 한 장 그려줄 수 있겠지?"

두 사람이 쉴 새 없이 재잘거리는 통에 성우는 넋이 빠질 지경이었다. 그는 두 팔을 빼고 자리에서 일어났다.

"듣자 하니 월화를 좋아한다며?"

"우리가 그 애랑 여간 친한 게 아닌데."

"그렇지! 일거수일투족이 우리 손에 빤하우."

"비밀이 없다니깐!"

두 여인의 말에 의하면 명이가 멋대로 가져간 그림은 그새 섬 안에서 큰 인기를 끌고 있는 듯했다. 성을 낼 땐 언제고 고새 빨빨거리며 자랑을 하고 다녔나 보지. 성우는 어처구니가 없어 머리를 벅벅 긁었다. 두 여인은 성우의 속내를 헤아리기라도 한 듯 서로 눈짓을 주고받더니 동시에 치맛말기를 말아쥐며 재깍 자리에서 일어났다.

"내일 밤이 마침 때가 좋소. 우리 부탁을 들어주면 월화와 단

둘이 있을 자리를 마련해주지요."

"이 섬에서 가장 새가 많은 집을 찾아오면 된다우."

두 여인은 무엇이 우스운지 깔깔거리며 뒤돌아서 자박자박 걸어 멀어졌다. 매화들이를 나가는 내내 둘이서 끊임없이 대화를 주고받는지 말소리가 끊이질 않았다.

성우는 툇마루에 벌렁 드러누웠다. 여자 둘이 실컷 체취를 남기고 간 탓인지 새삼 명이가 살을 섞던 장면을 엿보았던 것이 떠올랐다. 성우는 아랫도리가 슬슬 근지러워졌다. 방 안에 가지런히 정리되어 있는 붓과 화선지가 보였다.

'저쪽에서 먼저 부탁을 한 건데 뭐.'

그는 속으로 중얼거리며 벌써 쌍둥이의 벗은 몸을 상상하고 있었다.

'이건 엿보는 게 아니지. 명백한 작품 활동이라니까. 어디 누드화 한두 번 그려보나.'

어느새 섬에서 빠져나갈 궁리는 까맣게 잊은 채로 성우는 선이와 은이네 문틈으로 엿볼 정사 장면을 떠올리며 낮게 휘파람을 불고 있었다. 어쩌면 이 섬에 들어온 것은 인생에 둘도 없는 꿈 같은 기회가 아닌가 싶은 생각이 들기도 하였다.

6

성우는 간단한 그림도구가 담긴 보자기를 옆구리에 끼고 밤길을 나섰다. 나뭇가지에 드문드문 걸어놓은 등불 아래를 걷는 마음이 어수선했다. 낮에 미리 들러서 둘러보고 온 쌍둥이 자매의 집은 입이 떡 벌어질 만큼 놀라웠다. 집과 마당은 자그마했으나 섬 안에서 가장 화사한 꽃나무가 서너 그루 몸을 부풀리며 싱그러운 향기를 풍겨댔고, 갖가지 종류의 자그마한 새들이 짝을 지어 날아다니거나 서로 부리를 문대고 있었다. 한 줌도 채 안 될 듯 앙증맞은 색색 가지의 새들은 선이 은이 자매의 어깨와 손가락 끝에 내려앉아 갸웃거리며 성우를 쳐다보았다. 귀여운 새들 사이에 둘러싸인 탓인지 선이 은이 자매도 엇그제

본 모습보다 훨씬 앳되어 보였다. 그들은 나무를 깎아 만든 가벼운 탈을 하나 건네주었다. 눈과 코가 있는 부분만 뚫려 있는 어두운 색의 가면인지라, 밤에는 좀처럼 눈에 띌 염려가 없을 거라 하였다. 두 여자는 큰방과 이어진 작은 창고 방을 알려주고 나무가 뜨게끔 문을 비틀어 성우가 엿볼 수 있는 틈을 만들어주었다.

"입이 막혀 있어 좀 답답하겠지만 그러려니 해요. 사람 체취가 많이 뿜어 나오는 게 입인지라, 우리 남정네가 눈치를 챌까 봐 일부러 그냥 두었소."

"중간에 들키면 그쪽도 확 들어와버리구려."

"그러게. 민망스레 도망갈 필요 없소. 자고로 좋은 건 나눠 먹는 거 아니겠소?"

두 자매는 말썽쟁이 계집애들처럼 깔깔 웃으며 성우를 놀려댔더랬다.

어둠 속에서 멀찍이 쌍둥이의 집이 보였다. 성우는 보자기를 고쳐 들었다. 에라이, 어차피 이렇게 된 거. 내가 일부러 엿보고 그리는 것도 아니고 자기들 발로 직접 부탁하러 오기까지 했는데, 거리낄 게 있겠는가. 문제는 그림동화처럼 순수하기 그지

없는 집의 풍경 속에서 노골적인 춘화를 표현해낼 배짱이 있느냐 하는 것이었다.

그러나 열린 대문 너머로 발걸음 소리를 죽이며 들어서는 순간, 성우의 우려는 흔적도 없이 증발하였다. 방 안에서 흘러나오는 교태 섞인 신음 소리가 두 마리의 화려한 뱀처럼 그의 두 발목을 휘감았다. 온몸의 털이 곤두설 만큼 새되면서도 그 간드러지는 촉촉함에 눈꺼풀이 저절로 떨리며 내려앉았다.

"간밤엔 어딜 다녀왔어요?"

소향의 목소리가 얇체 같은 가시처럼 엄지발가락을 찔러댔다. 성우는 부스스 잠에서 깨어 게슴츠레 눈을 떴다. 벌써 중천에 뜬 해가 소향의 윤기 흐르는 가르마를 반지르르하게 빛내고 있었다. 소향의 통통한 볼살을 멍청히 바라보던 그는 황급히 주위를 더듬었다. 다행히도 그림은 서랍장 위에 얌전히 접혀져 있었다. 쌍둥이 자매에게 한 장을 그려주고 돌아온 뒤 정신없이 똑같은 그림을 한 장 더 그려내고 나서, 홀로 제 물건을 죽어라 흔들어대고 나서야 잠이 든 간밤의 일이 떠올랐다.

"아니, 밤마다 어딜 그리 싸다녀요?"

“그냥 바람도 쐴 겸.”

“무슨 바람을 밤에만 그리 쐰대? 아무튼 이따 나 돌 주우러 갈 때 같이 가요.”

“돌을 주워?”

“그냥 돌이 아니라, 보석 원석을 찾는 거거든요? 고거 골라내는 데는 나만 한 사람이 없지.”

소향은 히힛 웃으며 방정맞게 방을 나갔다.

성우는 부걱부걱 마른세수를 했다. 쌍둥이의 희고 뽀얀 알몸이 살기 많고 털투성이인 남자의 몸에 부드럽게 엉겨 있던 모습이 눈에 어른거렸다. 선이 은이 자매의 얼굴이 순간적으로 월화와 겹쳐 보였다. 쾌감으로 일그러진 얼굴의 살색이 불그레한 남자는 어느새 종민의 얼굴이 되어 있었다. 붓대를 쥔 손이 질투심으로 떨려왔다. 지금쯤 종민은 월화와 낄낄거리며 비단이불 속을 뒹굴고 있을까. 성우는 어금니를 물고 자꾸 떠오르려는 월화의 얼굴을 떨쳐내기 위해 고개를 저었다. 그러나 종민을 향해 환한 얼굴로 달려오던 그녀의 미소가 재차 떠오르며 두 자매의 교태 섞인 신음이 성우의 목을 조였다. 자신에게는 늘 새침한 얼굴로 일관하던 그녀가 황종민, 그 곰 같은 자식과

정을 나누는 사이라는 사실을 도저히 인정할 수가 없었다.

성우의 질투심이 거세게 불꽃을 태울수록 젖은 붓 끝 아래 그림이 펼쳐지는 속도는 점점 더 빨라졌다.

매화들이로 돌아와 잠든 그는 꿈속에서 다시금 의문의 여인을 만났다. 여전히 얼굴을 내비치지 않은 그녀는 안타까운 손길로 성우의 벗은 몸을 쓰다듬고 있었다. 성우는 그것이 자신을 향한 월화의 속내일 거라 확신했다. 원래 앙큼한 여자애들은 호감을 품을수록 남자에게 더 쌀쌀맞은 모습을 보이지 않던가. 이는 선뜻 종민을 버리지 못한 채 자신을 힐끔거리고만 있는 월화에게 먼저 다가가라는 일종의 계시이다!

성우는 아침 세수도 하지 않은 채 옷매무새를 고치고 허둥지둥 가희를 찾아갔다.

가희는 그가 올 걸 예상이라도 한 듯 툇마루에 앉아 작은 구슬들을 끈에 꿰고 있었다. 그녀는 짐짓 시치름한 태도로 그를 맞이했다.

"내가 뭘 해주면 되겠습니까?"

성우는 마당에 선 채로 가희를 향해 다급히 물었다. 그의 초조한 태도에 가희가 웃음을 터뜨렸다.

"누가 쫓아오기라도 하오? 보는 내가 다 숨이 차구려."

그녀의 한쪽 입꼬리가 올라갔다. 가희는 촘촘하게 짜인 바구니에서 구슬을 골라내며 혀를 찼다.

"사내들은 그저 갈퀴눈만 떠 보이면 뭐든 제 성질대로 돌아갈 줄 알지. 그러지 말고 거기 좀 앉아보시오. 간단한 얘기가 아니니 신중히 들어야 할 것이오."

그는 순순히 그녀가 시키는 대로 마루 끝에 엉덩이를 걸쳤다. 마당의 꽃 덤불 속에서 벌레들이 울었다.

"섬 아이들이 그쪽 그림 솜씨에 관심을 갖기 시작했다는 건 알고 있을 거라 생각하우."

"뜸 들이지 말고 본론만 말해요."

"조바심 내는 급한 성격만큼이나 약속도 재게 지켜주리라 믿겠소. 나는 수영 아씨가 매화들이를 이끌거나 섬의 일을 통솔하는 방식이 맘에 들지가 않소. 그래서 새로운 터를 좀 만들어 보려 하오. 하나 눈치챘을지는 모르지만 이 섬에는 수영 아씨를 따르는 아이들이 적지 않아서 내 편에도 손이 좀 필요하다오. 모든 아이들이 수영 아씨를 좋아하는 것만도 아닌지라, 누가 섬을 주도하든 이도 저도 상관없다는 아이들이 꽤 된다오.

그쪽이 그 아이들을 좀 나에게 끌어다 주면 고맙겠소."

잠시 생각에 잠겨 있던 성우는 가희의 손가락 사이에 집힌 짙푸른 구슬을 바라보았다.

"그림을 그려주는 조건으로 그 여자들을 매수하라는 말이구먼?"

"중간의 번거로운 일들까지 맡기지는 않겠소. 그쪽은 그저 내가 지목한 여인들을 위해 그림을 그려주기만 하면 된다오. 나머지는 따로 돕는 아이들이 있으니 신경 쓰지 않아도 될 것이오."

성우는 가희가 말하는 일이 당장 자신을 먹여주고 재워주고 있는 수영에 대한 일종의 배신행위라는 생각에 마음이 쓰였다. 가희는 그 틈새를 놓치지 않고 말을 이었다.

"그럼 난 약속대로 월화에게서 그 사내를 떼어내고 그쪽과 연분을 맺어주겠소. 물론 모든 것이 한순간에 이루어지지는 못할 것이오. 사람 마음이라는 게 갓 뽑은 떡처럼 쉬이 끊어질 듯하면서도 질긴 데가 있지 않겠소? 서두르지 말고 차분히 약속을 지켜주기만 한다면, 그리 멀지 않은 시일 내에 내 그쪽이 원하는 대로 일이 흘러가도록 해주겠소."

또륵. 가희가 손에서 놓은 구슬 한 개가 끈을 따라 굴러가 다른 구슬과 맞부딪쳤다.

"단, 중간에 마음이 바뀌었다 하여 약속을 무른다거나 이 모든 이야기를 수영 아씨 쪽에 털어놓는 날에는 서로 웃지 못할 일이 벌어질 것이오."

가희의 얼굴에 싸늘한 미소가 어렸다. 성우는 눈을 감았다. 그 찰나, 월화의 손안에 담뿍 담겨 있던 산딸기의 새콤달콤한 향기가 코끝을 스치는 듯했다.

"좋습니다."

"그럼, 거래가 성사된 걸로 알아도 되겠소?"

성우는 결심이 선 표정으로 고개를 주억거렸다. 가희는 꿰고 있던 구슬 끈을 내려놓고 한쪽 무릎을 세우고 앉은 채로 성우를 건너다보았다.

"섬에 귀한 사내가 들어온 걸 내 처음부터 알아봤더랬지. 오늘 중으로 월화와 시간을 보낼 일이 생길 것이니 그만 돌아가 얼굴부터 좀 씻으시오. 저녁이 되면 여인 한 명이 그쪽을 찾아갈 터요. 내 굳이 말하지 않아도 해줘야 할 일은 잘 알고 있으리라 믿겠소."

가희는 점심을 먹고 난 뒤 찾아가야 할 섬의 위치에 대해 알려주었다. 설명을 미루어보니 그녀가 일러준 건 섬의 비품 같은 것을 보관하는 창고 같은 곳인 듯했다. 땡볕 아래 엿가락처럼 서로 찰싹 붙어 지내는 종민과 월화를 어떻게 떼어놓으려는 속셈인지는 몰라도 성우는 밑져야 본전이라는 마음으로 가희를 믿어보기로 했다.

"나랑 한 약속은 어쩌고 어딜 또 나가오?"

소향이 볼멘 목소리로 말하며 성우의 옷깃을 움켜잡았다. 나름 가희가 준 동백기름까지 머리에 칠해가며 멋을 부리고 긴장한 채로 매화들이를 나서려던 성우는 자기도 모르게 매몰차게 소향의 손길을 뿌리쳤다. 지나친 태도에 제풀에 놀란 성우가 변명하듯 중얼거렸다.

"약속은 둘이 하는 거지……. 네가 일방적으로 조른 거잖아."

"갑자기 왜 그리 모질어졌소? 내가 뭘 잘못했소?"

소향이 시무룩하게 물어왔다.

"그런 거 아니야."

성우는 황급히 돌아섰다. 뒤에서 소향이 칫, 거리며 발로 흙

바닥을 차는 소리가 들려왔다. 그러나 지금은 소향의 투정 따위를 받아줄 마음의 여유가 없었다. 가희가 알려준 곳으로 걸어가는 성우의 심장은 절굿공이를 내리찧듯 무겁고 빠르게 쿵쾅거렸다.

가희가 말한 창고는 섬의 외진 곳에 자리하고 있었다. 생각보다 크고 입구서부터 어쩐지 서늘한 공기가 감도는 곳이었다. 성우는 우연히 앞을 지나치는 척하며 근처를 서성거리다가 열린 문틈 안을 슬그머니 엿보았다. 허리를 구부리고 부지런히 도자기들을 정리하는 월화의 뒷모습이 보였다. 그는 목 가다듬는 소리를 내며 창고 안으로 들어섰다. 뒤를 돌아본 월화가 성우임을 확인하고는 입술을 새초롬하게 움츠리고 다시 하던 일을 계속했다. 이유를 모를 그 냉정한 태도가 어떻게 해서든 그녀의 마음을 얻고야 말겠다는 성우의 결심에 기름을 부었다.

"여긴 웬일이래요?"

월화가 달그락거리는 도자기 소리 사이로 물어왔다.

"뭘 좀 가져와달라는 부탁을 받아서."

"이쪽의 도자기들은 건드리지 않게 조심하시오. 전처럼 깨뜨렸다가는 정말 화를 낼 테니."

"꼭 내 탓처럼 말하네. 서로 잘못해서 부딪쳐놓고."

성우가 투덜거리자 월화는 밉지 않게 눈을 흘겼다.

"그나저나 그놈은 어디 갔대요? 맨날 헤벌쭉 웃고 다니는 그……."

"친구라면서 이름도 모르오? 글쎄, 은이 선이가 뭘 좀 부탁해서 도우러 갔다우."

콰광! 그때, 요란한 소리와 함께 창고 문이 닫혔다. 얼핏 보아서는 바람에 닫힌 듯했지만 성우는 문밖의 은밀한 인기척을 알아챘다. 두근거리는 희망을 안겨주면서도 반쯤은 경고처럼 느껴지는 소리였다. 월화가 당황하며 창고 문고리를 잡아당겼다. 누군가 밖에서 걸어 잠그기라도 한 듯, 육중한 나무 문짝은 꿈쩍도 하지 않았다.

"아이 참, 내 이래서 일부러 문을 열어두고 있었는데. 여긴 바람이 자주 불어서 문이 제멋대로 닫히곤 한단 말이오!"

월화는 모든 게 성우 탓이라는 듯 발을 굴렀다.

"난 문에는 손도 안 댔는데, 뭐."

성우는 두 손을 들어 보이며 입을 비죽 내밀었다.

"거기 누구 없어요? 이봐요!"

월화가 조막만 한 손으로 문을 두드려댔으나 조그마한 청개구리가 커다란 장독대 안에서 폴짝거리는 꼴이었다. 문밖은 쥐 죽은 듯 고요했다.

"이따 물건을 가지러 사람이 올 것이니 해 지기 전엔 나갈 수 있을 것이오."

월화는 스스로를 안심시키듯 중얼거렸다. 누군가 곧 올 거라는 말을 듣자 성우는 일 분 일 초가 아깝게 느껴지기 시작했다. 자리를 펴주었으니 춤까지는 못 추더라도 어깨를 덩실거리기는 해보아야 할 텐데, 막상 월화와 단둘이 밀폐된 공간에 있으니 무얼 해야 할지 속수무책이었다. 도자기 정리를 마친 월화는 빈 가마니 더미 위에 걸터앉았다. 성우도 슬쩍 그 곁으로 가 능청스럽게 자리를 잡고 앉았다. 월화는 흠흠, 거리며 어색하다는 눈치를 주긴 했지만 피하는 기색은 아니었다.

"그……. 애들 얘기를 들어보니 그림을 그렇게 잘 그린다면서요?"

월화의 말에 성우는 짓궂은 생각이 들었다.

"왜, 그런 그림에 관심 있어요?"

월화는 당치도 않다는 듯 치마폭 사이에 두 무릎을 보란 듯 꼭 붙여 앉았다.

"흥, 누가 그런 걸……. 남우세스럽게."

보나마나 종민과 웬만한 진도는 다 뺐을 터면서 순진한 척은. 그러나 그 모습조차도 성우의 눈에는 마냥 귀여워 보였다. 작은 창문 너머로 비치는 별에 월화의 맑은 피부가 드러났다. 문득, 떠오르는 생각이 있어 성우는 주위를 두리번거렸다. 무얼 해야 할지 모를 때는 자고로 본인이 제일 잘하는 걸 하는 게 상책이었다.

"여긴 그림도구 같은 거 없나?"

월화가 무슨 생각을 한 건지 지레 저고리 앞자락을 움츠렸다. 성우는 너털웃음을 터뜨렸다.

"와, 되게 엉큼하다. 무슨 생각을 하길래?"

"그러는 그쪽은 왜 갑자기 화구를 찾소?"

"아니, 내가 뭐 맨날 벗고 있는 것만 그리는 줄 알아요? 풍경도 그리고, 동물도 그리고, 사람 얼굴도 그리고 하는 거지."

"얼굴?"

"응. 뭐 할 것도 없는데 그림이나 한 장 그려줄까 했지요. 싫음 말고."

“옷은…… 안 벗어도 되는 거요?”

“아니 그렇게 벗고 싶으면 말리진 않겠는데. 아니, 꼭 벗어야 겠어요? 난 좀 그런데.”

성우가 되레 정색을 하며 장난을 치자 월화는 멋쩍다는 듯 뺨을 긁적였다.

“화선지고 붓이고 뭐 하나 없는 건 없소.”

성우가 손짓을 하자, 월화는 창고 선반을 뒤적이더니 종이 한 뭉치와 벼루, 먹 따위를 들고 왔다.

“아, 물이 없네.”

성우의 말에 월화는 재빨리 한편에 두었던 물병을 집어 들었다.

“여기 내 마시려고 들고 온 게 있소.”

자기가 생각하기에도 너무 들뜬 기색을 내비쳤다고 생각했는지 월화의 뺨이 발그레해졌다.

“나는 그냥 여기 가만히 앉아 있으면 되는 거요?”

성우는 창문 너머로 들어오는 빛이 월화의 얼굴을 말끔히 비추게끔 자리를 잡아주었다. 월화의 표정이 조금 얼어 있었다. 성우는 빙긋 미소 지었다. 별 줄기 사이로 떠다니는 자잘

한 먼지마저도 빛이 나는 듯했다. 고요한 창고 안에 정성스레 먹을 가는 소리와 붓이 적셔지는 소리가 울렸다. 성우는 찬찬히 월화의 얼굴을 살피고 조심스럽게 화선지 위로 붓 끝을 갖다 댔다.

어떠한 보드라운 살결을 쓰다듬는 손길보다 더욱 조심스럽고, 귀중한 물건을 만질 때보다 떨리는 마음이었다. 월화가 긴장한 내색을 감추기 위해 침을 모았다가 삼킬 때마다 어깨가 살짝 올라갔다가 내려왔다. 서투르게 동백기름을 바른 성우의 머리카락도 볕 아래 반짝였다. 단아하게 앉아 있는 월화를 그려낼 뿐인데도 성우는 둘 다 알몸의 어린아이가 된 것 같은 기분이었다. 가슴이 떨리는 한편으로 묘한 평온이 몸을 휘감았으며, 가까이서 풍겨오는 월화의 체취를 고스란히 맡으면서도 전혀 부끄럽지 않았다. 월화에게서 풍기는 향기가 자신의 몸에 스미어 비로소 부족했던 어느 한구석이 조금씩 채워지는 느낌이었다. 욕망이란 늘 몸에 차오르는 것을 비워내는 행위라고만 생각했던 성우에게는 낯설고도 가슴 벅차 오르는 경험이었다.

월화의 고개가 소곳해지는 듯하더니 따사로운 빛 때문에 졸음이 쏟아지는지 눈이 스르시 감기었다. 성우는 붓질을 멈추고 넋을 놓은 채로 월화를 바라보았다. 그러다 정신이 들어 물병을 기울여 벼루에 물을 부었다. 그 소리에 월화는 무슨 일이 있었느냐는 척 시치미를 떼며 눈을 뜨고 자세를 고쳐 앉았다.

"고 그림, 내가 가져도 되겠소?"

완성된 인물화를 본 월화가 촉촉해진 눈으로 물었다.

"아니. 그림을 그려준다고 했지, 아예 준다고는 안 했는걸."

애초에 선물로 그림을 줄 생각이었건만, 막상 완성하고 종이 안에 월화의 얼굴을 담고 나자 성우는 선뜻 내줄 용기가 나질 않았다. 그랬다가는 나무꾼의 서랍에서 옷을 챙긴 선녀처럼 월화 또한 이 창고 안에서의 교감은 까맣게 잊고 전처럼 돌아서 버릴 것만 같았다. 월화의 얼굴에 실망이 그득했으나 그는 짐짓 야박한 표정으로 화구를 정리했다.

"어어, 누가 계셨나 보네."

삐걱거리며 문이 열리는 소리와 함께 늙은 남자 한 명이 들어섰다. 그는 막대기로 앞을 더듬으며 창고 안으로 걸어 들어왔다. 눈이 멀었음에도 노인은 창고 곳곳을 훤히 꿰고 있는 듯 움직였다. 무릎깍지를 끼고 앉아 있던 월화가 발칵 일어나 창고를 나갔다. 인사도 없이 나가는 폼이 삐졌다는 걸 말해주고 있었지만 성우는 그림을 빌미로 다시 만날 수 있을 거라는 기대감에 서운함을 묻어두기로 하였다.

매화들이로 돌아오자 마당에 소향이 쪼그리고 앉아 있었다. 소쿠리 안에서 무언가를 달그락거리며 흙바닥 위에 늘어놓는 중이었다. 그 애는 성우가 무어냐고 궁금해하며 말을 시켜주기를 기다리는 듯 "요건, 요렇게. 아유, 예쁘다" 하며 혼잣말을 종알거렸다. 그 모습이 사뭇 귀여워진 성우는 곁으로 다가가 쪼그리고 앉았다.

"그때 말했던 돌멩이냐?"

"이게 그냥 돌인 줄 아우? 흥. 무식하기는."

되바라진 말투에 이마를 살짝 쥐어박고 싶었지만 성우는 짐짓 궁금한 척 더 바짝 다가앉았다.

"그럼 뭔데?"

"요기, 잘 들여다봐요."

소향이 성우 쪽으로 몸을 기울이자 저고리 깃에서 진달래꽃 냄새가 풍겼다. 앳된 아이들에게서나 풍기는 그 달큰한 냄새에 성우는 요 며칠 안달복달하며 사로잡혀 있던 욕정에서 잠시 놓여나는 듯한 개운함을 느꼈다.

소향이 내민 돌 조각 안에는 투명한 연둣빛 수정 같은 것이 엄지손톱만 한 크기로 박혀 있었다. 그 속에는 작은 날벌레 한 마리가 제 모양 그대로 고스란히 죽어 있었는데, 마치 수정 속에서 헤엄을 치고 있는 듯 아름다웠다.

"이거로 보석을 만드는 거라우. 보통 사람들은 눈이 어두워서 발밑에 두고도 못 찾는 걸, 나는 한눈에 알아본단 말이지."

"야, 너 생긴 거랑 다르게 그런 재주가 다 있네."

"아니 내 생긴 게 뭐가 어때서!"

소향이 바락 성을 내었다. 그 애는 바닥에 늘어놓았던 돌멩이들을 한 움큼씩 쥐어 소쿠리에 도로 넣었다. 소쿠리 가장자리를 잡고 일어나려다가 조금 망설이더니 제 엉덩이께로 성우를 툭 밀쳤다. 쭈그리고 앉아 있던 성우가 그대로 엉덩방아를 찧었다.

"이거나 가져요. 나 아니면 이런 거 줄 사람도 없을 테니까 불쌍해서 주는 거요."

성우는 연둣빛 수정이 박힌 돌을 받아 들었다.

"이렇게 그냥 줘도 되는 거야?"

"같이 주우러 갔으면 더 좋은 거 줬을 텐데……."

일어서서 성우의 반응을 빤히 살피던 소향이 해쭉해쭉 웃었다.

"그것도 좋은 거예요. 언니들이 많이 탐내는 보석이라고. 그냥 돌처럼 보여도, 잘 다듬으면 예쁜 가락지도 되고 귀고리도 되고. 근데 나는 다듬었을 때보다 지금처럼 그냥 돌에 담겨 있을 때가 더 예쁜 거 같아요. 돌이 살아 있는 거 같아서."

성우는 은은하게 빛나는 수정의 표면을 늦은 오후의 볕에 이리저리 비추어 보았다. 보석 속 날벌레의 날개가 살그머니 떨리는 것만 같은 착각이 들었다.

"요즘 공사가 다망한가 보오."

나긋한 목소리에 뒤를 돌아보니 수영이 서 있었다.

"섬 아이들이 당신을 못 불러 안달이라고 들었소. 어때, 지낼 만하시오?"

"생각보다는 잘 적응하고 있습니다."

성우는 흙 묻은 엉덩이를 털며 일어섰다. 가희와 몰래 맺은 계약을 들킬 것만 같아 수영의 깊은 눈을 마주치기가 불편하였다.

"이미 알아보았겠지만, 유혹이 많은 곳이오."

"……."

"눈이 부신 것을 너무 오래 바라보면 시력을 잃게 마련이오."

호수 위에 수영의 그림자가 비쳤다.

"주제넘은 말인 줄은 알지만."

수영이 호수 주변을 따라 천천히 걸음을 뗄 때마다 잘 다려진 치맛자락이 사각거렸다.

"아무리 이곳이라 해도 마냥 좋고 아름답기만 한 것이란 없다오. 때로는 꽃이 지기 전에 돌아서주는 게 꽃에 대한 예의일 수도 있소."

모호한 말이었다.

"한 가지 더. 이미 이루어져 있는 것들은 모두 그래야 할 이유가 있는 것들이라오."

성우는 가희의 얼굴이 떠올라 속이 찔렸다.

"어떤 즐거움을 맛보든, 맛보여주든 그건 그네의 자유이지만 이것은 명심했으면 좋겠소. 절대 이곳의 질서를 흩트리려 하지 마시오."

그것은 명령에 가까웠다. 수영의 단호함과 진중한 태도에 주춤하던 성우의 마음속에서 움츠려 있던 자라가 목을 빼듯 반발심이 고개를 쳐들었다.

"새로운 게 꼭 나쁜 것이란 법은 없지 않습니까?"

수영이 성우의 얼굴을 물끄러미 바라다보았다.

"더 좋은 의견이 나오면 수렴하기도 하고, 뭐 반영하기도 하면서 나아가야지 살기 좋은 곳이 되고……. 그런 것 아니겠느냐 하는 말이지요. 누군가는 이곳의 체계가 마음에 들지 않을 수도 있으니."

속을 읽히고 있는 것만 같은 기분에 말꼬리가 점점 흐려졌다.

"아무리 작은 섬이라고는 하나, 들여다본 지 며칠 되지 않은 사내가 모두 헤아릴 수 있을 만큼 사정이 만만한 곳은 아니라오."

수영은 성우로부터 등을 보였다.

"내 보기엔 어디서 진한 향기를 맡고 와 취한 듯하구려. 행동거지를 신중히 해주기를 부탁하오. 섬이 시끄러워져서 좋을 일은 없을 거요."

그녀는 싸늘한 마지막 말을 남기고는 방으로 돌아갔다.

어디선가 시선이 느껴져 주위를 둘러보던 성우는 작은 방의 열린 문틈으로 밖을 엿보고 있던 소향과 눈이 마주쳤다. 소향이 깜짝 놀라며 문을 밀어 닫았다.

성우는 얼떨결에 세력 다툼에 끼인 꼴이 되었다. 그저 월화의 관심을 얻기를 원했을 뿐인데. 그러나 방 안에 돌아와 그림 속 월화를 들여다보자, 쥐가 난 듯 뻑적지근하던 머릿속도 언제 그랬느냐는 듯 환해졌다.

7

"신경 쓰지 말고 전부 베어내시오!"

가희의 날카로운 목소리가 숲을 쩌렁쩌렁 울렸다. 도끼를 든 소경들이 어두운 숲 안으로 성큼성큼 발을 내딛었다. 날선 도끼가 나무를 찍을 때마다 나무 파편이 튀는 동시에 숲 깊은 곳에서 괴상망측한 울부짖음이 솟구쳤다. 마치 하늘을 찢을 듯 소름이 끼치는 울부짖음은 흡사 죽임을 당하기 직전의 짐승 울음소리처럼 처절했으나 가희는 눈썹 하나 까딱하지 않았다. 화려한 전모 그늘에 가려진 희고 산뜻한 얼굴 너머에는 검측한 마음이 도사리고 있었다. 아름드리나무가 안간힘으로 버티다가 인정사정없는 도끼질에 결국 맥없이 넘어갈 때마다 가희의 입가에는 웃음이 번졌다.

매화들이와는 비교도 안 될 집이 이곳에 지어질 것이다. 섬의 모든 여인들은 이곳에 모여 잔치를 벌이고 섬의 대소사를 정하겠지. 물론 그 중심에는 수영이 아닌 가희가 앉아 있을 터였다. 매화들이보다 근사한 집을 짓기 위해서는 그곳보다 더 넓은 터가 필요했다. 기둥 곳곳마다 조각을 새겨 넣고 갖가지 보석으로 이은 발을 늘어뜨릴 것이다. 쓸모없는 할망구들을 모두 쫓아내고 섬의 애물단지 같던 어두운 숲을 멋들어진 나의 궁으로 만들고야 말겠다. 가희의 포부에 이바지하듯 성우 또한 약속을 잘 지켜주고 있었다. 갑자기 굴러들어온 사내가 이리 도움이 될 줄 누가 알았겠는가. 가희는 수영에게 반감이 있거나 딱히 줏대가 없는 여인들만을 골라 성우를 소개해주었다. 그는 가희가 지목한 여인 외에는 절대 그림을 그려주지 않았다. 멀쩡하게 생긴 사내의 속에 어떤 해괴한 요괴가 들어앉았는지는 모르겠으나 그림들은 음란하면서도 사람을 현혹시키는 매력이 있었다. 물론 가희도 이런저런 핑계를 만들어 종민을 월화에게서 떼어놓기를 게을리 하지 않았다. 그럴 때마다 성우는 데꺽데꺽 월화를 만나러 달려가곤 했다. 명이의 입을 통하자면 새침하기로 이름이 난 월화도 요즘 들어 부쩍 성우에게 마음을 터놓는 것 같다고 하였다. 하긴 명이야 워낙에 실없고 수선스러운 여인네라 하는 말을 족족 믿어서는 안 되나, 성우의 얼굴에 부쩍 화색이 도는 것을 보면 빈말은 아닌 게 분명했다.

유일하게 마음에 걸리는 것은 수영의 반응이었다. 대놓고 숲을 밀어내는데도 이렇다 저렇다 말이 없이 잠잠히 있는 모양이 어쩐지 찜찜하였다. 의중을 헤아리기가 어려워 어느 순간에 예상치 못한 방법으로 자신을 공격해오지는 않을까 우려되었다. 그렇지만 저도 뭐라 막을 명분은 없는 거 아니겠어? 이 섬이 오로지 제 것도 아니고 말이야. 자고로 일은 수월하게 돌아갈 때 거침없이 진행해야 하는 법이었다. 어느 정도 진척을 보이고 나면 수영이 방해를 하려 들어도 수가 없을 것이다. 자신의 계획이 수월하게 돌아가고 있다는 사실을 눈으로 확인하며 흐뭇한 미소를 짓는 순간, 무언가가 악을 쓰며 날쌔게 튀어나왔다.

"감히! 니가 감히!"

악취를 풍기는 할망구가 마른 나뭇가지와 죽은 벌레로 떡 진

머리칼을 휘날리며 가희를 향해 덤벼들었다. 그러나 가희는 서 있던 자리에서 꼼짝도 하지 않았다. 곁에 있던 소경이 할망구보다 한발 앞서 작대기로 그의 뱃구레를 후려친 것이었다. 자지러질 듯한 할망구의 비명에 숲이 스산하게 떨렸다. 멀찍이 나무 기둥 사이로 숨어 이쪽을 노려보는 할망구들이 바라다보였다.

"흉한 버러지들 같으니라고."

가희는 바닥에 나동그라진 할망구를 보며 혀를 찼다.

"대체 무슨 천벌을 받아 그리 쭈그렁탱이가 되었는지는 몰라도, 여인임은 변함이 없을진대 몰골이 그게 뭐란 말이냐? 같은 여자로서 수치스럽단 말이다."

가희는 가시처럼 쏘아붙이며 꽃신에 묻은 흙을 할망구의 얼굴 위로 털어냈다.

"아유, 시끄러워. 어디 좀 쫓아버렸음 좋겠네."

뒤편에 서 있던 명이가 투덜거렸다.

"그냥 둬라. 저리 울어젖힐 수 있는 날도 얼마 남지 않았으니. 아니, 뭣들 하오? 어서 나무나 베지 않고."

잠시 멈춰 있던 소경들이 다시금 바삐 몸을 움직였다.

그 와중에도 가희는 재빨리 숨어 있는 할망구의 수를 헤아려보았다. 저들을 가둘 만한 동굴을 살펴두었다. 애초에 수영이 왜 할망구들을 그대로 두는지 이해할 수가 없었다. 짐승들은 숲에 활기라도 주지, 저놈의 인간들은 나타날 때마다 마치 섬에 곰팡이가 핀 것처럼 지저분한 기분을 떨칠 수가 없건만. 하여튼 지나친 자유는 오염을 만들어내기 마련이다. 가희는 자유란 누릴 수 있는 자격이 있는 자들만이 지녀야 하는 거라고 생각했다.

"모두들 서두르시오. 해가 지기 전에 오늘 할 몫은 끝내야 하지 않겠소?"

소리치는 가희의 가녀린 목에 앙칼진 핏대가 섰다.

한편 가희의 짐작과 달리 성우는 요 얼마간 새로운 괴로움에 시달리고 있었다. 월화와 가까워진 건 기뻐 날뛸 일이지만, 무슨 이유에서인지 꿈자리가 편치 않았다. 월화와의 관계가 잘 풀리면 꿈속의 월화도 행복해할 줄 알았는데 오히려 그 반대였다. 지난밤 꿈에서는 성우의 등에 얼굴을 묻고 소리 없이 울기까지 했다. 그러려니 하고 넘길 수 있으면 크게 신경 쓰지 않겠지만, 그런 꿈을 꾸고 깨어나면 이상하게도 마음이 미어질 듯 괴로웠다. 그러다 보니 꿈속에 등장하는 여인이 정말 월화가 맞긴 한 걸까, 하는 의심이 들기 시작했다.

동이 트기 전 아직 어스름한 방 안에서 깨어난 성우는 벽에 기대어 앉아 멍하니 벽을 바라보았다. 비록 얼굴을 확인하진 못하였지만 그녀가 월화일 거라 굳게 믿어왔건만. 이 섬에 들어온 이래로 줄곧 꿈에 나타나 성우의 곁을 맴도는 여자가 월화가 아니면 대체 누구란 말인가. 마음 같아서는 어깨를 움켜쥐고 고개를 들어보라고 호소하고 싶지만 꿈속에서는 몸이 뜻대로 움직이지 않았다. 도리어 여인 쪽에서 성우의 움직임을 저지하고 있는 것 같았다.

성우는 등잔에 불을 밝히고 화선지를 펼쳤다. 붓을 들긴 했지만 꿈속 여인의 얼굴을 그려낼 길은 막막하기만 했다. 간지러운 곳을 알아야 긁기라도 할 텐데 근원을 모를 곳이 미치도록 간지러워져오는 것이 마치 환지통 같았다. 빈 화선지를 들여다보던 그는 자신이 꿈속에서 본 장면들을 그려나가기 시작했다. 그의 어깨를 감싸던 팔, 등에 기대어오던 조심스러운 가슴의 감촉, 머리카락을 쓰다듬어주던 손가락. 정신없이 그림을 그리는 사이 방 안에는 셀 수 없이 많은 화선지가 흩어졌고, 어느새 아침 햇빛이 방 안을 밝게 비추고 있었다. 누군가 방문을 두드렸다. 성우는 문 쪽을 쳐다보지도 않은 채로 들어오라고 말하였다.

문을 살짝 열고 고개를 들이민 것은 뜻밖에도 월화였다. 그녀는 놀란 표정으로 방 안을 둘러보았다.

"들어와요."

성우는 그제야 눈에 몰려오는 피로감을 느끼며 붓을 내려놓았다. 학교 졸업 작품을 준비할 때도 이만한 집중력을 보인 적은 없었는데. 성우는 마치 무언가에 홀린 듯 그려낸 그림들을 살펴보았다. 이목구비가 그려져 있지 않아 어딘가 모르게 서늘한 느낌이 들기도 하지만, 한편으로 안타깝기도 한 여인의 모습이 화선지들을 가득 메우고 있었다.

월화는 선뜻 안으로 들어오지 않은 채 입술을 모으고 그림들을 둘러보았다.

"새로 마음에 둔 여인이 생긴 모양이오?"

그녀는 짐짓 무심한 체 물어왔다. 성우는 그림과 월화를 번갈아 보며 고개를 기우뚱했다.

"닮지 않았나?"

"닮기는. 손가락 길이만 봐도 전혀 다르구먼. 키도 나보다 한 뼘은 더 커 보이고. 언제 그리 엉큼하게 여인네를 훔쳐봐왔대? 되게 자세히도 그려냈네."

월화의 목소리에는 질투가 짙게 배어 있었다. 성우는 피식 웃었다.

"훔쳐보기는. 그냥 그려본 거지. 연습 삼아."

그녀는 가장 가까운 곳에 있는 그림 한 장을 들어 찬찬히 훑어보았다.

"근데 그림이 왜 이리도 하나같이 애달프오?"

"그런가?"

성우는 뻑적지근한 목을 주물렀다.

"근데 아침부터 무슨 일로?"

월화는 들고 있던 그림을 툭 던져놓았다. 다른 때 같았으면 월화의 질투가 사랑스럽게 보였을 성우였으나 어쩐지 그림을 함부로 다루는 손짓만은 영 마음에 들지 않았다.

"내가 이번에 큰 도자기를 하나 만들려 하는데, 거기 새길 그림을 그려줄 수 있을까 해서요."

부끄러운 듯 아래를 향해 흔들리는 까만 눈동자를 보아하니,

그림은 핑계이고 그와 시간을 보낼 건수를 만들어 찾아온 것 같았다.

"뭐 나야 영광이지."

"대신 조건이 있소."

"부탁하는 사람이 무슨 조건을 내걸어?"

"내가 아주 멋진 도자기를 만들어줄 테니, 지난번에 그린 내 그림……. 그것 줄 수 없겠소?"

어지간히도 마음에 들었던 모양이지. 성우는 싱긋 웃었다.

"글쎄. 뭐 도자기 모양 봐서. 마음에 들면 바꿔줄 수도 있고."

월화가 자신만만하게 어깨를 펴 보였다.

"그건 걱정 마시오. 더 멋들어지면 멋들어졌지, 그쪽 성에 안 찰 리는 없으니."

"두고 보지, 뭐. 언제 도와주면 돼요?"

"그쪽은 그냥 도안만 그려주면 되오. 도자기에는 내가 새길 테니."

"생각해둔 건 있고?"

"푸른 자기를 만들 생각이니까, 물고기를 새겨주었으면 좋겠소."

월화의 눈이 반짝였다.

"몇 마리?"

"두 마리지. 아주 사이좋은 물고기를 그려주오."

"오오, 그걸 만들어서 나한테 주겠단 말이지?"

성우의 말에 월화의 뺨이 무르익은 복숭아처럼 붉어졌다.

"아, 아무튼, 되도록 빨리 부탁하오."

"음……. 그냥 그리기는 쉽지가 않을 텐데. 마음에 둔 물고기라도 있나? 보여줄 수 있으면 더 잘 그려줄 수 있고."

월화는 마침 그 말을 기다렸다는 듯 고개를 끄덕였다.

"숲에 들어가면 호수가 하나 있는데, 거기 기가 막히게 아름다운 물고기들이 있다오."

"숲이라면?"

"응. 요즘 가희 언니가 밀어내고 있는 숲 말이오. 그 안쪽 깊숙한 곳에 호수가 있거든."

"거긴 위험하다고 들었는데."

월화의 얼굴이 대뜸 시무룩해졌다.

"사실이오. 할망구들이랑 위험한 짐승들이 진을 치고 있으니까. 그래도 거기 아니면 그 물고기들을 보여줄 도리가 없는데."

성우는 월화 앞에서 고작 짐승이나 늙은 노파들이 두려워 숲에 들어가지 못하겠다는 말은 하고 싶지 않았다. 그는 호기롭게 무르팍을 내리쳤다.

"에이. 그런 거야 쪼끄마한 월화 씨나 무서워하지. 언제든 갑시다. 내가 지켜줄 테니."

월화의 얼굴에 웃음이 번졌다.

"그럼, 오늘 낮에 시간 어떠오?"

"나야 시간이 차고 넘치지. 엄청 많아, 시간. 너무 많아서 탈이야."

성우가 히힛 웃으며 방정맞게 말했다. 월화는 생긋 눈웃음을 지으며 자리에서 일어났다.

"그럼 시간 좋을 때에 집으로 오시오. 기다리고 있겠소."

월화가 돌아간 후 방 안에 흩어진 그림을 정리하던 성우는 갑자기 졸음이 쏟아지며 눈꺼풀이 감겨왔다. 너무 오랜만에 일찍 일어난 탓인가. 그는 펼쳐져 있는 이부자리 위로 쓰러지듯 풀썩 누웠다. 그는 누군가 팔을 잡아끄는 듯 순식간에 깊은 잠 속으로 빠져들었다.

"…… 말아요. 숲에, 가지 말아요."

귓가에 맴도는 낯선 목소리와 함께 성우는 소스라치듯 놀라 깨어났다. 가슴이 심하게 요동쳤다. 짧은 순간이었지만 분명하게 눈앞을 스쳐간 여인의 얼굴이 어른거렸다. 성우는 그 잔영이 지워지기 전에 황급히 붓을 집어 들고 숨도 쉴 새 없이 여인의 얼굴을 그려내기 시작하였다. 화선지 속에 담긴 여인의 얼굴은 분명 월화가 아니었다. 대체 이 여자는 누구란 말인가. 성우는 왜 심장이 세차게 떨려오는지 이유도 알지 못한 채 손끝으로 그림 속 여인의 얼굴을 가만히 쓰다듬었다. 누군가 지분지분 가슴을 밟아오는 듯 마음속이 미어지는 통증이 느껴졌다. 섬 안에서 한 번도 본 적 없는 여인이었다. 그는 그림을 들고 수영의 방으로 찾아갔다.

그림을 들여다본 수영은 얼굴을 돌렸다.

"이곳엔 없는 여인이오."

"근데 왜 여기 오고부터 계속 내 꿈에 나오느냔 말이오? 혹시 무슨 저주 같은 거라도 걸린 건가?"

"그거야 누가 알겠소."

"아! 매영을 찾아가보면 어떨까요? 그 무녀가 좀 섬뜩한 데는 있어도 뭔가 알고 있을 거 같은데."

수영은 애잔한 눈빛으로 성우를 바라보았다.

"이보오. 꿈은 그저 꿈일 뿐이라오. 너무 깊게 생각할 거 있겠소?"

"나도 그러고 싶은데, 이 여자가 계속 나를 괴롭히니까."

괴롭힌다는 표현이 마음에 걸리긴 했지만 사실이었다. 이 정체불명의 여인이 본격적으로 꿈에 나타나고부터 잠을 설친 게 한두 번이 아니지 않은가.

"뭘 잘못 먹었나. 혹시 이 섬에 독버섯이나 뭐 이상한 열매라도 있어요? 내가 배고플 때 아무거나 주워 먹는 버릇이 있어서."

"그런 이유는 아닐 것이오."

수영의 목소리가 씁쓸하게 들려왔다.

"뭐야? 그럼 알고 있다는 거 아니에요? 뭐라도 말 좀 해줘봐요. 이 사람, 이 섬 사람 맞죠?"

"그대는 꿈속에 갇혀 눈앞의 것은 정작 제대로 보지 못하는 소경으로 살고 싶은 것이오?"

"아니 무슨 말을 또 그리 무섭게 해요."

성우는 섬에서 본 눈먼 사내들이 떠올라 한풀 꺾인 기세로 입맛을 다셨다.

"옷을 갈아입어야 하니 그만 나가주시오."

수영의 말에 성우는 하는 수 없이 엉덩이를 떼었다. 이 여자는 뭔가 알고 있는 게 분명하다. 조만간 기필코 답을 듣고야 말겠다. 성우는 내심 고집을 세우며 그녀의 방을 나섰다. 그는 마당에 선 채로 오랫동안 그림 속 여인을 들여다보았다. 그러고는 정성스럽게 그림을 접어 품 안에 넣어두었다. 누군가 온기가 담긴 손으로 살며시 누르는 듯 그림이 닿은 왼편 가슴께가 따스해져왔다. 정말이지 귀신이 곡할 노릇이구먼. 성우는 휘유우, 한숨을 내쉬었다.

월화의 집에 찾아갔을 때 종민은 마당을 쓸고 있었다. 성우를 바라보는 눈빛에 예전과 같은 반가움은 사라지고 없었다. 그는 성우를 본체만체 더욱 거칠게 비질을 했다.

"너 요새 이상한 그림 그리고 다닌다며?"

종민이 시비조로 비아냥거렸다.

"왜? 너도 한 장 그려주랴?"

성우의 입에서도 고운 말이 튀어나갈 리 없었다. 종민이 사나운 눈으로 성우를 쏘아보았다.

"왜 자꾸 월화 근처에 얼쩡거리냐?"

종민은 그의 성격답게 에두르지 않고 다그쳐 물었다.

"그럼 안 되는 이유라도 있나?"

성우는 오히려 여유 만만했다. 종민이 있는 집으로 먼저 자신을 부른 건 월화가 아니던가. 이제 우세는 자신 쪽으로 기울었다는 자신감이 차올랐다. 네가 언제까지 이 집 마당을 쓸고 있을 수 있는지 두고 보자고.

"친구 여자를 넘보는 배신자 새끼는 따로 다루는 법이 있지."

종민의 목소리에는 살기가 어려 있었다. 이 자식도 월화에게 어지간히 똥줄이 탔구먼.

"여자가 물건도 아니고. 니 꺼라는 자신감은 어디서 생겨나는 거냐? 그래봤자 할 수 있는 거라고는 고작 마당 쓸어주는 게 전부 아니냐?"

성우의 기척을 들은 월화가 꽃단장을 한 채 방 안에서 나왔다. 그녀의 모습을 보는 종민의 시선이 이글거렸다.

"어딜 가?"

그의 사나운 말투에 월화가 샐쭉한 표정을 지었다.

"볼일이 있다고 하지 않았소?"

"나도 갈까?"

"됐소. 일이 있어 가는 거니 굳이 따라올 거 없소."

종민을 대하는 월화의 태도에 성우는 제자리 뜀이라도 뛰고 싶은 기분이었다.

"같이 가면 안 되는 이유라도 있어?"

종민이 신을 신는 월화의 앞을 막아서며 물었다.

"뭐 하는 짓이오? 지금 내게 큰소리를 내는 것이오?"

월화가 앙칼지게 소리를 냈다. 집 앞을 지나던 눈먼 사내 한 명이 대문을 열고 들어섰다.

"무슨 일이 있습니까?"

그를 본 종민이 뒤로 물러섰다. 월화는 매몰차게 그에게서 돌아섰다.

"아니오. 가던 길 가시오."

사내가 사라진 후, 월화는 몇 발짝 떼다 말고 휙 고개를 돌려 종민을 보았다.

"무슨 일이 있어도 내게 큰소리를 치는 것은 용납할 수 없소."

그렇게 단호한 월화의 모습은 성우도 처음 보았기에 조금 의외였다. 게다가 큰소리가 나자마자 거짓말처럼 나타난 소경 사내의 등장도 왠지 위협적인 구석이 있었다.

숲을 향해 앞장서 걷는 내내 월화는 말이 없었다. 숲의 입구는 가희의 작업으로 벌써 꽤나 허허벌판이 되어 있었다. 성우는 가희의 빠른 행동력에 감탄하면서도, 그루터기만 남은 나무들을 보자 자신이 그에 한몫 거들었다는 생각이 들어 죄책감이 들었다.

그러나 그것도 잠시, 우거진 풀숲을 지나 숲 깊은 곳으로 들어간 성우는 눈이 휘둥그레지며 입이 딱 벌어졌다.

"이게……. 정말?"

월화가 거 보란 듯이 턱을 내밀며 성우의 팔꿈치를 살포시 잡았다.

"어때, 그림보다 더 그림 같지요?"

과언이 아니었다. 우거진 나무 사이에 숨겨져 있는 호수. 주변으로는 노란빛의 꽃밭이 화사한 치마폭처럼 펼쳐져 있었다. 난생처음 보는 아름다운 빛깔의 나비들이 햇빛에 날개를 빛내며 꽃 사이를 날아다녔다. 호수의 물은 깊은 바닥이 들여다보일 정도로 맑았다. 그 안에서 반짝이는 돌멩이들마저도 하나하나가 숨 쉬고 있는 것처럼 보여 감히 손을 넣을 엄두가 나지 않았다. 물속에는 손바닥 반만 한 크기의 물고기들이 헤엄치고 있었다. 푸른빛과 연둣빛이 섞인 물고기들은 물속을 유영하는 또 다른 종류의 나비 같았다.

"저거, 저걸 꼭 도자기에 새기고 싶단 말이오."

신이 난 월화가 어느새 성우에게 팔짱을 낀 채로 발을 동동 굴렀다. 성우는 옆구리에 끼고 있던 화선지를 꽃밭 위에 펼쳤다. 물고기들은 빠르게 움직였기에 성우도 재빠르게 그 모습을 쫓아 손을 놀리느라 정신이 없었다. 물고기의 꼬리가 수면을 튕기자 잔잔한 물빛 반지가 호수 위로 여러 개 돋아 올랐다가 사라졌다.

"꺄악!"

그때, 호수 저쪽에서 월화의 자지러질 듯한 비명이 들려왔다. 월화의 몸이 기우뚱하더니 풍덩, 소리와 함께 호수 속으로 빠졌다. 호수는 맑고 투명한 고요함과는 또 다른 무서운 기세로 월화의 몸을 끌어내리듯 가라앉혔다. 물가에는 허리가 굽은 할망구 한 명이 숨을 씩씩 몰아쉬며 서 있었다. 성우는 노파와 월화를 번갈아 보다가 물속으로 뛰어들었다. 차가운 물속에서 허우적거리는 월화의 팔을 어깨에 두르고 온 힘을 다해 수면 위로 헤엄쳐 올라왔다.

꽃밭 위로 나온 월화는 얼굴이 하얗게 질린 채 정신을 잃었다. 성우는 등이 뜨끔뜨끔한 것을 느끼고 뒤를 돌아보았다. 노파가 그를 향해 돌멩이를 집어던지고 있었다.

"뭐 하는 겁니까!"

성우가 버럭 소리를 지르자 노파가 꽥액, 돼지 멱따는 소리로 비명을 내질렀다. 찬물이 닿았을 때도 멀쩡하던 살갗에 소름이 돋았다. 노파는 주변을 두리번거리더니 나무 막대를 하나 주워 들고 성우를 향해 달려왔다. 성우는 있는 힘껏 노파의 팔목을 움켜쥐었다. 손바닥 너머로 기분 나쁜 물집이 만져졌다.

"으앗, 더러워."

자신도 모르게 세차게 노파를 밀쳐냈다. 그녀는 거적때기 같은 옷자락을 너풀거리며 뒤로 자빠졌다. 성우는 월화의 뺨을 몇 차례 쳤다. 눈꺼풀이 희미하게 떨렸다. 성우는 허리를 구부려 월화의 입술에 입을 맞추고 인공호흡을 했다. 서너 차례 숨을 불어넣었을 때쯤 월화가 물을 뱉어내며 가쁜 숨을 몰아쉬었다.

"으이익!"

노파가 휘두른 막대기가 성우의 등뼈를 강타했다. 그러나 비명을 내뱉을 사이도 없이 성우는 월화의 손을 잡고 뒷걸음질을 치며 내달려야만 했다. 어느샌가 노파 주변으로 몰려든 가느다란 뱀들이 쉬식거리며 기분 나쁜 혓바닥을 날름거리고 있었던 것이었다.

두 사람은 손을 꽉 움켜쥔 채 정신없이 숲을 달렸다. 월화의 발이 느려, 성우는 아직 욱신거리는 등에 아예 월화를 들쳐 업고 달음박질을 쳤다. 이윽고 가희가 갈아엎어놓은 숲의 어귀로 나왔을 때야 두 사람은 겨우 숨을 돌릴 수 있었다.

"어마마, 이거 웬 피야."

성우의 등허리와 자신의 치마폭을 적신 얼룩을 보고 월화는 소스라치게 놀랐다. 노파에게 얻어맞은 등허리에 굵은 나무가시가 박혀 피가 새어 나오고 있었다. 성우는 어금니를 질끈 물고 가시를 뽑아냈다. 윗도리를 벗어 피가 흐르는 등허리를 감싸 맸다. 물에 젖은 어깨가 별에 빛났다.

"이걸 어쩌오? 많이 아프오?"

"아냐. 피만 났지 그렇게 아프진 않아요."

성우는 제 얼굴이 통증에 일그러지는 것도 모른 채 손을 내저었다. 환한 햇빛 아래로 월화의 젖은 저고리와 치마가 살갗에 달라붙어 맨살 빛이 고스란히 드러나 보였다. 저고리 너머 볼록하게 솟은 젖가슴이 탐스러웠다. 성우는 핏방울과 물기가 섞여 묽고 맑은 핏물이 방울진 손으로 월화의 뺨을 감쌌다. 월화가 살포시 눈을 감았다. 성우는 푹신한 풀밭 위로 월화의 몸을 누이며 입을 맞추었다. 그의 손이 월화의 젖가슴을 감쌌다. 월화는 쑥스러운 듯 어깨를 움츠렸으나 이내 한 손으로 성우의 등을 어루만졌다. 성우는 촉촉하게 젖은 월화의 종아리를 지나 허벅지를 쓸어 올렸다.

"안 되오!"

몸에 밀착된 성우의 아랫도리 변화를 알아챈 월화가 자신의 몸 위로 올라오려는 성우를 황급히 막았다.

"일을 벌이면 그걸로 우린 이별이오."

성우는 아랫입술을 질근 물었다. 이거야말로 정말 잔인한 규칙이 아닐 수 없구나. 생각한 순간 보드라운 손이 불쑥 성우의 바지 안으로 들어왔다.

"하지만 이거까지는 괜찮소."

부끄러움을 타던 월화는 온데간데없고 두 눈 가득 유혹적인 기운을 품은 월화가 성우의 물건을 움켜쥐었다. 성우는 낮은 신음을 내뱉었다. 그녀의 손길은 아주 오래전부터 성우의 몸을 잘 알아왔던 것처럼 천천히, 그러나 정확히 그의 민감한 부분을 어루만졌다. 그의 피가 탈 즈음엔 속도를 늦추어 애간장이 타게끔 하였고 조금 긴장이 풀릴 만하면 재빠르게 다시 손을 놀려 정강이의 힘줄이 바짝 일어서게끔 만들었다. 월화의 손이 빠르게 움직였다. 성우는 탄성을 지르며 월화의 젖가슴을 세게 움켜쥐었다. 높은 폭포수를 타고 쏴아 미끄럼을 타고 내려오는 듯 온몸이 길게 전율했다. 성우의 입에서 단숨이 뿜어져 나왔다. 월화는 풀 이파리를 뜯어 성우의 배와 자신의 손을 닦아냈다. 달아오른 얼굴에는 장난기가 가득했다.

"어때, 좋았소?"

성우는 대답 대신 월화의 뺨과 목덜미에 입을 맞추었다. 월화가 간지럽다는 듯 발버둥을 쳤다.

"오마마, 저게 뭔 일이래?"

그 무렵 먼 곳에 숨어 두 사람의 애정행각을 보고 있던 이가 있었으니, 다름 아닌 명이였다. 숲에 떨어뜨리고 온 듯한 귀고리를 찾아 풀숲을 뒤적이며 걸어 들어오다가 두 사람을 발견한 것이었다. 그녀는 손으로 입을 가리고 오마마, 오마마, 하며 해실거리더니 발걸음을 죽여 마을 쪽으로 내려갔다. 얼른 모두에게 이 비밀스러운 장면을 떠벌리고 싶어서 입술에 개미가 기어다니는 것처럼 간지러울 지경이었다.

8

성우는 밥상을 가져다주는 소향이 왜 아침부터 내내 틱틱거렸는지, 저녁이 되어서야 알 수 있었다. 섬에 파다하게 퍼진 어제 일에 대한 소문이 소향의 귀에까지 들어간 모양이었다. 아니 그렇다고 쳐도 저 꼬맹이가 내게 이리 투정을 부릴 까닭은 뭔가. 그는 월화와 나누었던 열기가 아직 가라앉지 않아 기분이 좋은 상태였기에, 그러한 소향의 모습마저도 그저 귀엽게만 보였다. 지금으로서는 날아다니는 파리마저도 꿀벌처럼 보일 지경이었다.

성우에게 저녁 밥상을 가져다주고 매화들이의 마당으로 나오던 소향은 그에게 주려고 손에 쥐고 갔던 사파이어 원석을 바닥에 냅다 팽개쳤다.

"흥. 사내들은 어찌 저리 다 똑같담."

희고 고운 손이 바닥에 내버려진 푸른빛 돌멩이를 주워 들었다.

"이리 예쁜 것을 모질게도 내버리는구나."

푸근한 목소리로 소향을 가볍게 질책하며 돌멩이를 건네준 사람은 수영이었다.

"왜 그리 뿔이 났느냐?"

소향은 돌멩이를 받아 들며 입을 삐죽였다.

"멍청이처럼 히죽거리는 꼴이 영 볼썽사납단 말이에요."

수영이 소향의 머리를 쓰다듬었다.

"저이가 떠날까 봐 걱정되느냐?"

"흥. 제가 걱정할 게 뭐예요. 다른 사내들처럼 색에 눈이 멀어 한바탕 놀고 나면 떠날 사내인 것을."

"왜 그리 저 사내한테 관심을 보이느냐? 아직 다 자라지도 않은 녀석이."

"그게……."

할 말을 찾던 소향이 종알거렸다.

"물에 떠내려오는 걸 내가 발견한 거 아니겠어요? 다른 사내들이 섬에 왔을 때는 그리 반가운 적이 없었는데. 이상하게 저 사람이 올 때에는 오래 알던 사람이 온 것처럼 기쁠 수가 없더라고요. 거 참, 제가 유별나게 구는 거겠지요?"

수영이 잔잔한 미소를 띠었다.

"누굴 보고 기뻐하는 게 나쁘다곤 할 수 없지. 하지만 저이는 일찍이 이 섬에 올 자가 아니었단다. 너무 정을 줬다가 네 마음이 다칠까 걱정이 되는구나."

"다치긴요. 가면 가는 거지. 내가 뭐 눈물이라도 찔끔댈 줄 알고?"

소향은 말과 달리 입을 한 주먹이나 내민 채로 타박타박 걸어 달빛이 어른거리는 호숫가를 지났다. 그 자그마한 뒷모습을 바라보는 수영의 얼굴에 어두운 근심이 드리워졌다.

소향은 이부자리 위에 엎드려 벽에 돌멩이 그림자를 비추어 보았다. 딱정벌레 같기도 하고 하늘에 뜬 달 같기도 한 동글납작한 돌멩이. 돌멩이 속에 흐르는 듯 푸른색으로 고여 있는 보석을 보며 성우가 물에 떠내려오던 날을 떠올렸다. 쪽배처럼 평화롭게 흘러내려오던 그의 몸은 마치 예정되어 있었다는 듯 소향 앞의 물가에서 멈추었다. 물에 젖은 그의 이마가 빛났다. 소향은 사람들을 부르러 가기에 앞서 쪼그리고 앉아 가만히 그의 얼굴을 들여다보았다. 어디선가 많이 본 듯한 얼굴. 소향은 검지를 세워 성우 이마에 송골송골 맺혀 있는 물방울을 닦아냈다. 사내들이 섬을 찾아올 때면 소향은 늘 낯가림을 하며 뒤로 숨기 마련이었는데 어쩐지 이 사내는 전혀 겁이 나지 않았다. 깨어나지 않을까 싶어 머리카락을 잡아당기기도 하고 콧구멍을 막아보기도 하였으나, 그는 잠시 몸을 움칠할 뿐 깨어나지 않았다. 소향은 입을 가리고 소리 죽여 웃었다. 섬에 들어온 첫날 밤 성우는 그의 세상으로 돌아갈 기회가 있었으나 소향이 일부러 그를 취하게끔 독한 술을 내갔었다. 그리고 멀쩡하게 제 세상에 돌아갈 수 있는 통로를 봉쇄하듯 곤드레만드레하는 그를 다른 방으로 이끌었다. 그대로 그냥 돌려보냈다가는 오래도록 후회할 거라는 생각이 들었기 때문이었다. 무슨 까닭에서인지 소향은 처음 보는 그가 섬에 오래 머물기를 바랐다. 누군가에게 그토록 이유 없는 호감을 느낀 것은 처음이었다.

섬에 온 이후로 소향에게 살가운 모습을 보여주기는커녕 내내 툴툴거리기만 했던 그이지만 그런 모습조차 싫지 않았다. 다른 누구보다 자신을 편하게 여기고 있으므로 마음 놓고 불평을 할 사람이 소향 자신밖에 없으리라고 제법 어른스러운 생각을 했던 것이다. 성우가 월화를 마음에 두었다고 하였을 때 소향은 그의 관심을 돌리기 위해 주위를 맴돌았다. 그러나 한창 미를 뽐낼 나이인 월화에게 아직 젖비린내가 가시지 않은 소향은 애초에 상대가 되질 않았다. 한 가닥 희망이라고는 월화의 곁에 종민이라는 사내가 버티고 있었다는 사실이었는데, 떡갈나무 같은 그 사내의 존재가 무색하도록 성우는 월화를 홀리고 말았다. 소문을 들었을 때 소향은 울고 싶은 기분이었다. 사내들이 여인들의 곁에서 아무 일도 치르지 않고 오래 버틸 수 있다고 다짐을 하여도 결국은 무너지고 마는 것을 매번 보아왔다. 말로는 두 가지였다. 섬에 머물기로 작정하고 소경이 되어 입에 재갈을 물린 소처럼 늙어 쓰러질 때까지 일만 하거나, 벼랑 끝으로 몸을 던져 홀연히 자신들의 세상으로 돌아가버리게 되기 마련이었다.

소향은 성우가 그 어떤 선택을 하게 되는 것도 원치 않았다. 그냥 지금 모습 그대로 섬의 일부가 되어 함께해주기를 원했다. 그렇다고 얼른 성장하여 성우와 연정을 품는 관계가 되고 싶다는 마음은 추호도 없었다. 이유 없이 그가 좋았다.

이게 다른 언니들이 말하는 사랑일까?

소향은 벽에 비친 그림자를 바라보며 생각했다. 이불자락 위로 풀어헤쳐진 머리카락에서 은은한 꽃향기가 났다. 소향은 자신의 긴 머리카락에 얼굴을 묻으며 허공을 향해 두 다리를 물장구치듯 저었다.

아니다. 다른 언니들이 말하는 사랑이 향기로운 꽃이라면 자신이 품은 사랑은 이슬 맺힌 풀잎이다. 둘은 분명 다른 것이란 말이다.

소향은 한시라도 빨리 종민이 다시 성우에게서 월화를 되찾아주기를 바라며 원석을 손에 쥔 채로 잠이 들었다.

성우는 바지 주머니에 손을 찔러 넣은 채 건들건들 벼랑 위를 걸었다. 나무 등걸 위에 종민이 앉아 있었다.

"웬일로 불렀냐?"

성우는 입에 물고 있던 버드나무 가지를 퉤, 뱉으며 물었다. 주먹을 쥐고 일어서는 종민의 얼굴이 험상궂었다.

"몰라서 묻냐?"

"할 말이 있으면 직접 찾아와서 할 것이지, 이런 데로 부를 건 또 뭐냐? 어휴. 벼랑 좀 봐. 살벌하구먼."

근래에 들어 월화와 한창 좋은 시간을 보낸 성우는 얼굴에 화색이 돌고 남자답지 않게 피부가 매끈했다. 누가 봐도 사랑에 빠진 남자의 황홀한 얼굴이었다. 그에 비해 종민은 며칠 밤잠을 설친 듯 얼굴이 부석부석하였고 낯빛은 회갈색으로 어두웠다. 두 눈 밑은 구덩이를 파둔 것처럼 움푹 패어 그늘이 졌고, 물이 오른 싱그러운 풀줄기처럼 그의 팔에 도드라져 있던 힘줄과 핏줄은 악에 받쳐 날카롭게 돋아나 있었다.

"오늘 결단을 짓자."

"뭘?"

"더럽고 치사하게 주변에서 윙윙거리지 말고, 남자답게 맞붙자고."

"주변에서 윙윙거리는 게 누군지 아직도 감이 안 오냐? 예나 지금이나 눈치 없는 건 똑같구먼."

성우의 빈정거림에 종민의 목에는 핏대가 섰다.

"지는 사람은 깔끔하게 물러나기로 하자. 그래야 월화 마음도 편할 거 아니냐?"

"내가 볼 땐 너만 월화네서 떠나면 만사 오케이일 것 같은데. 굳이 주먹다짐까지 하고 싶냐? 만일 니가 나를 이겨도 월화가 널 다시 좋아해주리라는 법이 있냔 말이야."

"그러니까 남자답게 물러나기로 하자는 것 아냐? 진 사람은 다른 여자를 찾아서 하룻밤을 보내고 이 섬에서 떠나는 거다."

"누구 맘대로?"

종민이 성우를 향해 한 발자국 다가섰다.

"그럼 곤죽이 된 놈을 좋아해줄지, 일단 처맞고 생각해볼래?"

한눈에 보기에도 종민의 곰처럼 우람한 체구를 고려하면 주먹다짐에 있어서는 성우가 불리할 게 훤하였다. 성우는 정신이 나가지 않고서야 지금의 행복한 생활을 내걸고 종민과 맞붙을 이유가 없다고 생각하며 코웃음을 쳤다. 그러나 종민의 반응은 달랐다. 그는 성우의 의사 따위는 애초에 염두에 두지 않고 있었다.

"무식한 놈."

성우의 한마디가 불씨를 당겼다. 종민이 뿔을 단 소처럼 성우를 향해 돌진하였다. 배를 치받힌 성우는 숨이 턱 막혀왔다.

손을 뻗어 종민의 목을 졸랐다. 그러나 죽을 각오로 덤벼드는 종민에 대적하는 건 만만한 일이 아니었다. 종민은 벌게진 눈으로 성우의 얼굴을 주먹으로 내리쳤다. 석회 덩어리로 얼굴빼를 얻어맞은 듯 머리통이 울려왔다. 성우는 바닥을 더듬어 손에 잡히는 대로 나뭇가지를 쥐었다. 그리고 날카로운 나뭇가지 끝을 종민의 어깨에 내리꽂았다. 괴로워하는 것도 잠시, 종민은 더욱 독이 오른 기세로 성우의 멱살을 잡고 연신 그의 머리를 바닥에 내리쳤다. 성우는 뜨끈한 핏줄기가 뺨을 적시는 것을 느꼈다. 눈앞이 새하얗게 변했다가 어둡게 암전되었다. 흔들리는 목을 가누려 했으나 점점 정신이 혼미해졌다.

"그만두지 못해요!"

그때 낯익은 목소리와 함께 잰걸음으로 뛰어오는 달음질 소리가 들려왔다. 두꺼운 껍질의 열매가 으깨어지는 듯 둔탁한 소리. 이어 성우의 몸이 종민으로부터 놓여나 풀썩 바닥에 쓰러졌다. 얼굴 위로 뚝뚝 무언가가 떨어졌다. 간신히 눈을 뜨고 보았을 때는 겁에 질려 얼굴이 새하얘진 채 숨을 쌕쌕거리는 소향이 서 있었다. 소향의 손에 들려 있던 돌덩이가 바닥에 떨어졌다. 종민은 흰자가 번들거리는 눈으로 제 뒤통수를 더듬었다. 검붉은 핏물이 묻어났다. 피를 본 그는 괭음을 내지르며 성우의 옷 덜미를 잡아끌고 벼랑 끝으로 걸어갔다. 성우는 바닥의 돌부리를 쥐고 끌려가지 않으려 안간힘으로 버티었다.

"하지 말란 말이오!"

소향의 간절한 목소리가 짜랑짜랑 하늘을 울렸다. 그 애의 작은 몸이 종민의 다른 한쪽 팔뚝을 잡고 매달리는 순간, 종민은 벌레를 내치듯 팔에 달라붙은 소향을 뿌리쳤다. 노란색 치마가 허공에 펄럭였다. 입을 살짝 벌린 소향의 의아한 얼굴. 성우는 허공에 붕 뜬 소향과 눈이 마주쳤다. 찰나의 시간이 영원 같았다. 성우가 아뜩하게 내려앉은 가슴으로 몸을 벌떡 채 일으키기도 전에, 소향의 몸은 꽃떨기처럼 맥없이 벼랑 아래를 향해 떨어져 내렸다. 바다는 아귀의 입처럼 억센 파도로 소향의 몸을 흔적 없이 삼키었다. 야속하게도 바닷물 위로 옷자락조차 떠오르지 않았다. 성우는 발을 움칠거렸으나 도저히 벼랑 아래로 몸을 던질 용기가 나지 않았다. 종민은 자신의 두 손과 벼랑 밑을 번갈아 보며 몸을 벌벌 떨고 있었다. 성우는 지독한 현기증을 느꼈다. 모든 소리가 사라지고 귓가에 이명이 울리기 시작하였다. 그는 벼랑 끝을 떠나 비틀거리며 걸었다. 무언가 발에 밟혀 내려다보니 푸른 보석이 박힌 돌멩이였다. 성우는 그것을 집어 들고 정처 없이 숲을 헤치며 걸었다. 그러나 어두운 숲의 그늘 속으로 발을 들이기 전에 멈칫 자리에 서고 말았다. 그의 출입을 거부하듯 숲 속의 온 짐승이 울어젖히는 것만 같은 끔찍한 흐느낌 소리가 뒤섞여 울려온 것이었다. 흐느낌은 나뭇가지를 뒤흔들고 섬 전체를 울릴 기세로 뻗쳐올랐다.

하늘 위로 먹구름이 드리워졌다. 요란한 천둥소리가 울렸다. 매화들이의 호숫가에 서 있던 수영이 소스라치게 놀라며 고개를 들어 하늘을 올려다보았다. 여인들을 모아놓고 앉아 담배 연기를 내뿜던 가희도 눈을 가늘게 뜨며 하늘을 보았다. 쌍둥이 자매의 마당에서 평화롭게 노닐던 새들이 수선스럽게 울며 숲을 향해 날아갔다. 독에서 물을 푸던 명이는 숨이 턱 막혀 올라 손에 쥐었던 바가지를 바닥 위에 흑 떨어뜨렸다. 튼튼한 바가지가 맥없이 깨졌다. 논과 밭에서 일을 하던 눈먼 사내들이 일제히 손을 멈추었다. 무당 매영의 집 마당에서는 매영이 젖가슴을 드러낸 채 두 무릎을 높다랗게 쳐올리고 빙글빙글 맴돌며 춤을 추고 있었다. 이히히히히, 미친 사람 같은 웃음소리가 흐느낌에 파묻혔다.

매화들이 호수의 잔잔한 수면에 소용돌이가 치기 시작했다. 소용돌이는 모든 것을 빨아들일 듯 휘몰아치더니 무슨 일이 있었느냐는 듯 순식간에 잠잠해졌다.

하늘이 개었다.

소향의 시신은 다음 날 아침 바닷가 모래사장에서 발견되었다.

미인도에서의 장례는 전에 없던 일이었기에 모두들 우왕좌왕하였다. 모든 일은 수영의 지시대로 이루어졌다. 늙은 소경들이 바다에 버려지는 건 보았어도 지금껏 자신들 중 누군가 죽은 것을 본 적이 없는 여인들은 불안과 공포에 떨었다. 섬은 혼란 그 자체였다.

수영은 여인들에게 흰옷을 입도록 하였고, 소향의 시신은 매화들이에서 가장 큰 방 안에 안치되었다. 성우는 마루에 앉아 멍하니 하늘을 올려다보았다. 소향이 자신을 도우려다 죽었다는 사실이 도무지 믿기지 않았다. 한껏 노니는 곳으로만 여기고 있던 섬이 두려워지기 시작했다.

장례 이틀째 되던 날, 매화들이의 마당에서 긴장의 최고조에 달해 있던 여인들 사이에 분란이 일었다. 모두들 결국 터질 것이 터지고야 말았다는 표정이었다. 문제의 발단은 수영의 왼팔과 같은 단이와 명이 사이에서 벌어졌다. 명이가 눈치 없이 음식을 집어 먹다가 단이에게 걸려 거북한 잔소리를 들은 것이었다. 두 사람의 말다툼은 작은 불씨처럼 일었다가 점점 불길이 거세어졌다.

"아니, 그럼 내가 소향이 죽은 걸 즐기고 있단 말이오? 무슨 말을 그리 상스러이 하시오?"

"비약이 심하구나. 눈치가 없다는 말이 어찌 그렇게 이해가 된단 말이냐? 네가 지레 찔리는 데가 있어 그런 말을 하는 거겠지."

"보자 보자 하니까 이 여자가 나를 못돼 처먹은 년으로 만드네? 아니, 그건 그렇고 네까짓 게 뭔데 나를 하대하며 이래저래 막말을 한단 말이냐? 수영 아씨 밑에 있으면 누구나 그리 네 발아래 깔아뭉개고 우습게 여겨도 된다는 게냐?"

"경우도 모르는 것 같으니라고. 이런 자리에서 그딴 소리가 나오느냐? 슬픔에 겨워도 모자랄 자리에서 지금 고작 그따위 게 분하단 말이야?"

"뭣들 하는 짓이냐!"

툇마루에 선 수영의 불호령 같은 목소리가 으르렁거리는 둘 사이를 갈라놓았다. 두 사람은 분을 삭이지 못한 채 서로를 노려보았다.

"꼭 이런 날 서로 다투어야 직성이 풀리겠느냐? 섬에서 가장 어린 아이가 죽었다. 지금 이 일 앞에 그 어떤 게 문제가 된단 말이냐?"

매화들이가 고요해졌다. 그때 정적을 깨며 자박자박 발걸음 소리와 함께 누군가 매화들이의 마당 가운데로 나섰다.

"때가 나쁘긴 하지만 틀린 얘긴 아니지 않습니까?"

가희가 턱을 치켜들며 수영을 향해 되물었다. 수영의 얼굴이 굳었다.

"단이가 명이를 하대하는 게 제 귀에만 불편하게 들리는 건 아닌 것 같습니다만."

가희의 말에 여인들이 하나둘씩 그녀 곁으로 몰려섰다. 그간 가희가 수영 뒤로 포섭해온 무리였다.

"그 이야기는 장례가 끝난 뒤에 하기로 하자."

"모두가 모인 김에 이 자리에서 대답해주셔도 괜찮지 않겠습니까? 아씨가 불편하지 않으시면 말이지요. 이 장례만 해도 그렇습니다. 어찌 모든 절차가 수영 아씨의 뜻대로 굴러가는 것입니까? 소향이는 우리 모두의 동생이었는데, 아씨는 우리의 뜻도 묻지 않고 장례를 치르고 있지 않습니까?"

"하늘의 뜻을 듣고 해야 할 도리를 따르고 있는 것일 뿐이다."

"그 하늘의 뜻에 소향이가 죽는 것도 포함이 되어 있었는지 궁금하구려. 어째 수영 아씨만 매번 하늘의 뜻을 들을 수 있는 건지 내 참 의아하기 짝이 없습니다."

"원하는 것이 무엇이냐? 애써 트집 잡지 말고 하려는 말을 해보아라."

"아씨도 들으셨겠지만 내가 매화들이 못지않은 터를 하나 마련하고 있소. 그게 무슨 뜻인지는 말하지 않아도 아시겠지요. 앞으로 이 섬의 대소사는 아씨 혼자만이 아닌 모두의 뜻대로 돌아가게 될 것입니다."

가희가 여우처럼 미소 지으며 말했다.

"거참 좋은 생각이구나. 왜 일찍이 내게 말하지 않았느냐? 등 뒤에서 쑥덕거리며 모의를 할 필요가 있었느냐?"

"그 이유를 몰라서 묻는 겁니까?"

매화들이의 공기가 살얼음처럼 얼어가고 있었다.

"아씨가 멋대로 매영을 움직이기 때문 아닙니까?"

그때까지 반발심 가득한 얼굴로 가희의 편에 서 있던 여인들의 얼굴에 한 장 어두운 빛이 스쳐가는 것을 성우는 놓치지 않고 보았다. 그러나 만만치 않은 가희는 변함없는 표정으로 말을 이었다.

"매영에게 저주스러운 재주가 있는 건 누구나 아는 사실 아닙니까? 아씨가 마음만 먹으면 눈에 차지 않는 아이에게 해코지를 하는 건 일도 아니겠지요. 물론 저도 포함해서 말입니다. 어찌 매영이 아씨를 그리 따르는지는 내 아무리 생각해도 모를 일이지만, 확실한 사실 하나는 아씨가 두려움을 이용해 여인들을 부린다는 것입니다."

"부린다니?"

수영의 목소리에 전에 없이 날이 섰다.

"제 말이 틀렸단 말입니까? 그렇다 하면……."

반면 가희는 입가에 웃음을 머금은 채 수영 가까이로 한 걸음 한 걸음 다가섰다.

"가만 생각해보니 따로 터를 잡을 일도 아니구려. 아씨가 우리보다 높은 자리에서 우리를 부리는 게 아니라면, 섬의 상징과 같은 이 매화들이를 집으로 삼고 있을 이유도 없을 테니까요. 우리와 다름없이 아씨도 따로 소박한 집을 마련하여 나와 사시지요. 이곳은 따로 주인을 두지 않는 모두의 장소로 쓸 수 있게끔 말입니다. 아무래도 아씨가 버티고 있으면 없는 것보다는 불편하지 않겠습니까?"

가희가 뒤편의 여인들에게 눈짓을 보내자 여인들은 하나둘씩 맞장구를 치기 시작했다.

성우는 멍청한 얼굴로 그들의 기 싸움을 바라보고 있었다. 어디선가 소향이 나타나 금방이라도 자신의 손을 잡고 함께 놀자며 끌어당길 것만 같았다.

미인도는 어디까지나 꿈속의 장소로만 생각해왔고, 여기 머무는 사람들 또한 한낱 아름다운 유령에 불과하지 않은가 생각했었다. 그러나 막상 소향이 죽는 모습을 보고 나니 아주 오랫동안 알고 지낸 사람이 죽은 것처럼 황망하고 슬펐다. 주체

할 수 없이 내려앉는 슬픔의 깊이에 스스로도 당황스러울 정도였다.

"이 장례가 끝나면 모든 여인들이 모여 이 문제를 거수로 정하는 게 어떻겠습니까?"

"찬성이오!"

"나도!"

선이 은이 자매가 서로 얼굴을 마주 보며 고개를 끄덕였다. 여기저기서 그러길 원한다는 목소리가 터져 나오자 수영은 지그시 눈을 감았다. 몇 초 뒤 모두를 바라보는 그녀의 얼굴에는 뜻밖에도 여유가 배어 있었다.

"그렇게들 하시구려. 하지만 오늘은 이 섬에 찾아온 첫 죽음에 부끄럽지 않은 애도를 하도록 합시다."

수영이 싸한 바람을 남기며 돌아서서 소향의 주검이 있는 방으로 들어갔다. 얼핏 보아서는 가희의 바람이 뜻대로 이루어진 것 같았으나 수영의 존재는 여전히 위압적이었다. 특히 '첫 죽음'이라는 그녀의 말이 여인들 사이를 독사처럼 기어 다니며 몸을 움츠리게끔 하는 모습이 넋 빠진 성우의 눈에도 똑똑히 보였다.

"어마맛, 저기, 저기 좀 봐요!"

누군가 매화들이의 뒤뜰을 가리키며 소리쳤다. 집 뒤편으로 시커먼 연기가 뭉게뭉게 솟고 있었다. 눈먼 사내들과 물동이를 들고 달려갔을 때는, 횃불 막대를 쥔 노파가 보였다. 그녀는 사람들을 향해 사나운 얼굴로 횃불을 휘둘렀다. 모두가 주춤하며 길을 트자 노파는 비척비척 걸어 나가며 여인들의 얼굴을 하나씩 찬찬히 살폈다. 월화의 앞에 선 그녀가 괴성을 지르며 그녀 옷의 앞섶을 움켜쥐었다. 정신이 번쩍 든 성우가 달려들어 노파를 밀쳐냈다.

"그냥 내보내주시오."

어느새 나타난 수영이 다급히 성우를 저지하며 말했다. 노파는 성우의 코앞까지 횃불을 들이밀더니 이내 휘적휘적 매화들이를 떠났다.

"아유 구린내."

"가희 언니, 저이들은 대체 언제 몰아낼 거요?"

호들갑 떠는 여인들의 말을 잠자코 듣고 있던 수영이 미간을 찌푸렸다.

"몰아낸다니?"

여인들이 몸을 숨기는 소라게처럼 일제히 입을 다물었다. 그 사이 남자들은 부지런히 물을 날라다 불을 껐다. 매캐한 냄새가 사방에 퍼졌다.

"방금도 보지 않으셨습니까. 이런 중요한 자리에 감히 모습을 보인 것만으로도 모자라, 우리를 태워 죽이려드는 걸."

가희가 이때다 싶어 분을 참지 못하겠다는 시늉을 하며 말했다.

"저들도 죽음에 익숙지가 못한 게지."

"마음이 어수선할 때마다 불을 놓았다가는, 며칠 못 가 이곳은 잿더미가 되겠구려."

노파에 대한 반발심으로 여인들의 뜻은 순식간에 가희 쪽으로 기울었다.

"…… 그리 모질 게 구는 것이 아니다."

수영은 말을 줄이며 자리를 피했다. 성우로서도 그녀가 왜 그리 노파들을 감싸고도는지 이해가 되지 않았다.

"괜찮아요?"

그는 아직 겁에 질려 있는 월화의 얼굴을 이리저리 살피며 물었다.

"응. 멀쩡하오."

"하이고, 이 와중에도 어디선 깨가 쏟아지는구려."

명이가 낄낄거리며 끼어들었다. 가희는 두 사람을 힐끗 보고는 가타부타 말 없이 마당을 향해 걸음을 옮겼다.

잠시 후 가희는 매화들이에서 멀리 떨어진 바닷가로 성우를 불러냈다. 파도가 잔잔한 날이었으나, 밤새 차가운 물속에서 흔들리며 흘러내려왔을 소향의 작은 몸을 생각하자, 그는 바다를 바라볼 엄두가 나질 않았다.

"우리 쪽 아이들이 좀 더 필요하오. 며칠 안으로 빠르게 손을 좀 써줘야겠소."

성우 또한 그녀에게 할 말이 있었다. 소향이 자신을 구하려다가 목숨을 잃긴 하였으나, 따지고 보면 이 사고의 원인은 종민이 아니던가. 그가 치기 어린 싸움만 걸어오지 않았어도 벼랑 쪽으로 나갈 일은 없었을 테고 부질없는 주먹다짐을 하다가 소향이 말려들 필요도 없었을 것 아닌가. 모든 문제의 근원은 아둔한 종민이 새끼였다.

"월화랑 친해지긴 했지만 종민이 그 자식은 아직 섬에 있지 않습니까?"

"더 바라는 것이 있으면 말하시오."

"이참에 종민이 자식을 아예 섬에서 내쫓는 게 어떻겠습니까?"

가희가 핏, 웃으며 수평선을 바라보았다.

"한시라도 빨리, 가능하면 오늘 밤에라도 쫓아버리고 싶습니다."

그의 말에 가희는 혀를 끌끌 찼다.

"그 가슴속에 연정 말고도 차 있는 것이 많은가 보오. 약속은 약속이니 원하는 대로 해주겠소. 내 소향이 죽은 지 얼마 되지 않아 색을 탐하기가 좀 거리껴지기는 하지만, 지금 그대가 나서주어야 수영 아씨를 몰아내기가 더 수월해질 거 같구려."

가희는 웃음기가 가신 얼굴로 성우를 똑바로 응시하였다.

"오늘 밤 우리 집으로 오시구려. 어차피 약속을 한 바에야 두 눈으로 그 사내가 떠나는 모습을 확인하는 게 좋지 않겠소? 그가 떠나고 나면 그대도 제 몫을 확실히 해주길 바라오."

선착장에 묶인 배 몇 척이 다리 묶인 새처럼 허우적거리는 듯 보였다.

성우는 잠시라도 소향의 두 눈동자를 떨쳐내려 고개를 세차게 저었다. 나를 이 섬에 묶이게끔 장난이나 쳐대는 어린 계집 아이에 불과했는데……. 그러나 또 다르게 생각하면 섬에서 시간을 보내며 월화와 사랑하게 된 것도 소향이 덕분이었다.

성우는 바다로부터 등을 돌렸다. 종민을 눈앞에서 쫓아내고 나면 소향에 대한 죄책감도 덜 수 있을 거라고 믿었다. 아니, 그렇게 믿고 싶었다.

종민은 가희가 왜 뜬금없이 자신을 불렀는지 의아했다. 하지만 온종일 죄인처럼 방구석에만 붙어 있었던 데다가, 월화의 가시 같은 눈빛에 그마저도 머물러 있기 불편했던지라 일단 문밖을 나서보기로 했다. 사방에 깔린 어둠에 그나마 마음이 놓였다. 누굴 마주치기라도 하면 소향을 죽인 살인자로 몰려 몰매를 맞을 것만 같았다.

"들어오시오."

가희의 집 문을 열고 들어서자, 귀신같이 자신의 기척을 알아챈 그녀의 목소리가 닫힌 방문 너머로 들려왔다. 종민은 등불 그림자가 일렁이는 방문을 조심스레 열었다. 속이 훤히 비치는 얇은 모시옷을, 그것도 저고리는 벗어둔 채 치마만 두르고 있는 가희가 앉아 있었다. 그녀는 뾰족한 손가락 끝으로 담뱃잎을 모아 쥐어 담고는 담뱃대에 불을 붙였다. 치마끈에 눌린 젖가슴이 가냘픈 체구에 어울리지 않게 풍만했다.

"바람이 들어오지 않소? 문을 닫고 앉아보시오."

종민은 머뭇거리다가 문지방을 넘어서 방 안으로 들어와 앉았다. 가희의 손가락에 낀 루비 반지가 핏빛처럼 붉었다. 불현듯 자신의 팔에 매달려 있다가 떨어져 나간 소향의 무게가 떠올라 종민은 두 팔뚝이 덜덜 떨려왔다.

"네가 소향이를 죽인 범인이렷다?"

돌연 얼굴이 사납게 변한 가희가 반말을 내던졌다. 움칠하는 것도 잠시 종민은 목이 꺾인 짐승처럼 고개를 푹 수그렸다.

"내 너를 어떻게 벌할 것인지 한참을 고민했다."

종민은 자신을 하대하는 가희의 태도에 차라리 마음이 편해졌다. 모두가 자신을 멀리한 채 어떠한 처벌도 하지 않고 침묵으로 일관하는 게 도리어 숨이 막혔다. 어떠한 벌이라도 받았으면. 자신을 욕하며 원망할 줄 알았던 월화마저도 눈길조차 주지 않고 없는 사람 취급하는 모습이 견딜 수 없이 괴로웠다.

어린 소녀가 자신에게 떠밀려 죽었다는 것은 사실 실감조차

나질 않았다. 내가 사람을 죽였다니. 어느 순간 스스로가 두려워지다가도 이 섬을 비롯한 모든 게 실제로 존재하고 있긴 한 건지, 처음부터 유령이었던 건 아닌지, 하는 의혹이 들어 미쳐버릴 지경이었다.

"옷을 벗어라."

가희가 명령하였다. 종민이 주저하자 그녀는 가느다란 회초리를 방바닥에 찰싹 내리쳤다.

"죄를 지었으면 벌을 받아야 하지 않겠느냐?"

종민은 슬그머니 자리에서 일어서 바지를 내렸다.

"전부 벗어라. 실오라기 하나 없이."

다홍빛을 띤 가희의 눈화장을 내려다보며 그는 입술을 굳게 다문 채 고쟁이를 내렸다. 윗옷까지 훌렁 벗어 던지고 나자 그야말로 알몸이 된 채 두 손으로 사타구니 앞만을 간신히 가리고 있었다.

찰싹. 회초리가 그의 손등을 내리쳤다.

"네가 한 짓은 개보다도 못한 짓이니 개처럼 네 발로 기거라."

그는 반발의 여지를 주지 않는 가희의 목소리에 굳은 침을 삼켰다. 두 손과 무릎으로 땅을 짚고 엎드리자, 가희는 자신이 앉아 있는 쪽으로 엉덩이를 내비추게끔 명령하였다. 회초리가 따갑고도 간지럽게 털 숲을 휘저었다. 가희가 자리에서 일어나더니 데꺽 그의 등에 올라탔다.

"뭐 하느냐? 개처럼 기어보지 않고."

종민은 묵직해진 성기가 허벅지에 닿는 것을 느끼며 천천히 몸을 움직였다. 땀에 젖은 손바닥과 무르팍이 바닥에 붙었다가 떨어질 때마다 혀 밑으로 신침이 고였다. 움직임이 둔해진다 싶으면 가희의 회초리가 가차 없이 엉덩이를 향해 날아왔다. 방 안을 몇 바퀴나 돌았을까. 식은땀이 뚝뚝 장판 위로 떨어질 때쯤에야 가희는 종민의 몸 위에서 일어섰다. 그녀는 거침없이 치마를 벗어던졌다.

"자. 개가 밥을 먹듯이 어디 한번 게걸스럽게 핥아보거라."

허리를 구부리고 가희의 살을 향해 얼굴을 밀착시킨 종민은 입술을 벌리고 혀를 내밀었다. 월화의 얼굴이 스쳐 갔으나 눈을 질끈 감아버렸다. 지조도 의리도 없이 다른 놈에게 꼬리 치는 하찮은 여자 같으니라고. 종민은 혀끝으로 이미 뜨겁게 부푼 가희의 몸을 핥기 시작했다. 만족스러운 듯 간헐적인 가희의 신음 소리가 방 안을 울렸다. 그녀는 두 다리로 종민의 목을 감고 더 바짝 자신의 밑을 향해 종민을 끌어당겼다.

종민의 입에서 낮은 신음 소리가 흘러나왔다. 종민은 비어져 나오는 신음 소리를 억눌러 삼켰다.

"물건 하나는 제 생긴 국으로 튼실하구나."

가희가 학학거리며 유연하게 허리를 밀어붙였다. 종민은 얼마 버티지 못하고 몸의 것을 거침없이 분사해버리고 말았다. 그러고는 죽은 듯이 잠에 빠져들었다.

방 뒤편에 숨어 이 모든 장면을 지켜보던 성우는 이마에 맺힌 땀을 훔쳤다. 옷을 걸친 가희가 다시 담뱃대를 들고 깊이 빨아들였다.

"조금 기다리면 제 발로 벼랑을 찾아가 뛰어내릴 것이오."

성우가 웅크려 있는 곳을 아는 가희가 큰 소리로 말했다.

"그런데 혹 그 사실은 알고 있는지 모르겠소?"

그녀는 야박한 목소리로 말을 이었다.

"이자가 여기에서의 기억, 다시 말해 월화나 나를 잊지 않은 채로 제 세상에 돌아가기를 간절히 원하는 채로 벼랑에 떨어지면 아주 위험한 일이 벌어진다오."

"그게 무슨 말입니까?"

"이곳의 찰나는 그쪽 세상에서의 몇 해와 같은 법. 망각하지 않는다면 그 긴 시간을 고스란히 품은 모습으로 돌아가게 된다는 말이지. 아마도 숨 쉬기도 어려운 호호백발 노인이 되어 있을 게요. 애욕의 집착이라는 게 원래 그리 끔찍한 법 아니겠소? 그러니 또 재미가 있는 것이고."

가희는 능갈맞게 웃으며 방문을 열고 밖으로 나갔다. 그녀가 나가고 얼마 뒤, 종민은 무엇엔가 홀린 듯 부스스 일어났다. 그는 몽유병 환자처럼 맨발로 댓돌을 밟고 내려서서 두 팔을 허우적거리며 걸어 나아갔다. 종민을 뒤따라가던 성우는 벼랑이 가까워지자 걸음을 멈추었다. 한 치 앞도 보기 어려운 어둠 속이긴 하였지만 벼랑을 후려치는 파도 소리가 들려오자 며칠 전의 사건이 생생히 눈앞에 되살아났다.

먼 곳에서 첨벙, 종민의 몸이 떨어지는 소리가 희미하지만 확실하게 귓속을 파고들었다.

무서운 여자다.

성우는 참았던 숨을 토해내며 가희를 떠올렸다. 성우나 월화

또한 자신에게 쓸모가 없어지면 어깨에서 먼지 한 올 털어내듯 내버릴 여자였다. 소향의 죽음에 대해서도 그리 슬퍼하는 기색조차 보이지 않은 모진 성격.

9

성우의 우려는 맞아떨어졌다. 제 편이 더 필요하다는 걸 깨달은 가희는 하루가 멀다 하고 성우에게 여인들의 정사 장면을 그려내기를 요구하였다. 처음에야 재미를 보며 하던 일이었지만 강요 아래 같은 일을 반복하게 되자, 그는 서서히 자괴감에 빠지게 되었다. 맡은 몫이 다를 뿐이지 가희의 다리 아래 깔려 있던 종민과 자기 자신이 크게 다를 바 없다는 생각이 들었다.

월화는 종민이 섬에서 떠났다는 것에 대해 무심한 척하려 했지만, 그와 하룻밤을 보낸 여인이 누군가에 대해 궁금해하는 기색을 감추지는 못하였다. 먼저 다른 남자와 정을 나눈 사람은 본인임에도 불구하고 딴 여자와 몸을 섞은 종민에 대해 배신감을 느끼는 그녀를 보며, 성우는 여자의 마음이란 정말이지 열 길 물속보다 헤아리기 어렵다는 사실을 실감하였다. 그러나 당장은 종민이 나간 월화의 방에 짐을 풀고 앉아 머리나 갸우뚱하고 있을 때가 아니었다. 만일 월화가 그와 가희가 맺은 계약을 알아채고, 지금까지 그녀에게 접근하게 된 모든 경로며 종민이 사라지게 된 데에 두 사람이 얽혀 있다는 것 등이 밝혀진다면 보나마나 눈이 뒤집어지며 성우를 정신 나간 사기꾼 취급할 게 뻔했다. 가희는 그러한 성우의 걱정을 진작 계산에 넣고 있었다. 그리고 성우가 그녀 손에 있다는 사실을 틈틈이 일깨워주었다. 그녀는 날이 갈수록 그를 자신의 종 부리듯 하였다. 다른 여인들마저도 주객관계처럼 보이는 둘 사이를 의아해할 정도였다.

성우는 드러내놓고 자신을 부려먹는 가희의 뻔뻔함에 이를 갈았다. 그러나 가희는 성우가 날카로워진 이를 내놓는 순간 더 아쉬울 것 없다는 듯 월화에게 그의 본모습에 대해 낱낱이 까발리고도 남을 여자였다. 성우는 죽었다 깨도 그런 식으로 월화를 잃고 싶지 않았다. 나란히 누워 잠들었다가도 꼭 쥔 손을 놓지는 않았는지 중간중간 깨어 확인할 만큼 월화와의 사랑이 믿기지 않을 만큼 황홀하고 행복한 성우였다. 섬의 권력 관계는 가희의 뜻대로 서서히 바뀌어나가고 있었다. 수영은 이렇다 할 대거리를 하지 않았고, 여인들도 가희 쪽으로 편이 기울어 매화들이는 거의 그녀의 차지였다. 눈먼 사내들은 수영이 살 집을 짓기 시작하였다. 섬이 이렇게까지 변할 수 있다면야 언젠가 수영이 말했던 이곳의 규칙 또한 얼마든지 변화할 수 있는 게 아닐까. 이러한 의문이 성우에게 한 줄기 희망을 심어주었다. 처음엔 옷깃을 적시는 줄도 모를 만큼 가늘던 희망은 시간이 갈수록 그 줄기가 점점 굵어졌다.

성우의 계획을 전해 들은 월화는 처음에는 말도 안 된다는 듯 웃었다가, 그가 진지하다는 것을 깨닫고는 무척 당황하였다. 성우의 이야기는 그녀에게 충격적일 수밖에 없었다. 그는 자신과 함께 이 섬을 떠나자고 제안했던 것이었다. 꿈에서도 생각해본 적 없던 얘기에 꿈쩍도 않던 월화였으나 성우의 끈질긴 설득과 달콤한 유혹의 말에 슬그머니 마음이 흔들리기 시작하였다. 섬이 아닌 다른 세상에 대한 궁금증은 비록 금기시되어 입 밖으로는 꺼내지 못하였으나 모든 여인들이 품고 있었다. 성우가 들려준 저 세상의 모습은 그야말로 환상적이기 그지없었다. 마법과 같은 일들이 이루어지고, 수많은 절경이 존재하며, 무엇보다도 자신의 욕망에 충실할 수 있는 자유가 있었다. 사랑하는 사람과 헤어질 필요가 없는 세계. 과연 그런 세상이 정말 존재한다는 말인가.

그렇게 며칠이 지나자, 돌부처 같기만 하던 월화가 슬그머니 먼저 입을 열었다.

"하지만 무슨 수로 이곳을 나간단 말이오? 사내들이야 바다로 몸을 던지면 돌아간다고 쳐도, 이곳 사람인 소향이는 그대로 빠져죽은 것을 보지 않았소? 나도 그렇게 되지 말라는 법이 있겠소?"

물론 아무 계획도 없이 무작정 월화를 설득할 만큼 어리석은 성우는 아니었다. 그는 진작 이 문제에 대해 물어볼 상대를 알아보고 몇 차례 그녀에게 다녀왔었다. 유일한 해답을 아는 자는 바로 매영이었다. 정신이 반쯤 나간 것 같은 그 여자는 몇 차례고 헛소리만 지껄이다가, 선물을 바리바리 들고 간 성우의 네 번째 방문에서야 솔깃한 사실을 알려주었다.

"벼랑 아래 바다는 매일 똑같은 바다가 아니야. 이히히. 남자가 여자를 탐하고 섬을 떠나는 밤에는 바닷물 속에 문이 열리지. 그때가 유일한 기회야. 다른 사내가 벼랑에 몸을 던지는 순간, 너도 이곳 계집을 끌어안고 문이 닫히기 전에 뒤따라 뛰어내려야만 해. 조금이라도 때를 놓쳤다가는 둘 다 죽은 목숨이라는 건 너 같은 멍청이라도 알 만하겠지? 히히."

생각보다 어렵지 않은 일이었다.

성우는 여인들의 정사 장면을 그려주는 일을 도맡고 있으니, 남자들이 물속으로 뛰어드는 순간도 놓치지 않고 따라잡을 수 있었다.

"근데 그게 좋은 생각일까? 분명히 후회할 거야. 신난다, 신나. 히히히. 죽을 만큼 후회할 거라고!"

매영은 빙글빙글 춤을 추며 소리쳤었다. 결정적으로 도움이 되긴 했으나 여전히 기분 나쁜 여자였다.

그날은 설희라는 여인의 그림을 그려주기로 한 날이었다. 남자에게 모욕당할수록 흥분을 하는 여자로, 다른 날보다 정사까지 걸리는 시간이 길었다. 남자가 곤히 잠든 후 설희에게 그림을 건넨 성우는 남몰래 집 뒤편에 숨어 남자가 나올 때만을 기다렸다. 이윽고 그가 누군가에게 옷깃을 잡아끌리듯 걸어 나왔을 때, 성우는 재빨리 뒤를 밟았다. 사내가 험한 산길로 가는 바람에 성우 또한 팔뚝과 얼굴이 사정없이 나뭇가지에 긁히긴 했지만 아픈 줄도 몰랐다. 월화는 성우의 지시대로 벼랑 끝에 미리 도착하여 그를 기다리고 있었다. 사내가 벼랑 끝에 도착하자 파도가 굶주린 짐승처럼 휘몰아치며 철썩였다. 성우는 흰 천을 월화에게 뒤집어씌워 눈을 가리게끔 하고 벼랑 끝으로 그녀의 손을 끌어당겼다.

"이거 이거, 놀라 자빠질 일이로구먼!"

뒤에서 허리를 휘어잡는 억센 손길과 함께 낯익은 목소리가 귓가를 울렸다. 가희였다.

덩치 큰 소경 사내의 팔에 매인 성우는 발버둥을 치며 벗어나려 했으나 이미 벼랑 아래 파도는 잠잠해지고 저 세상으로 통하는 문은 순식간에 닫혔다. 또 한 명의 소경이 들고 있는 등불에 뒷짐 진 가희의 모습이 드러났다.

"인사도 없이 떠날 생각이었소?"

불빛에 드러난 가희의 얼굴은 평소보다 더 차가웠다.

"사내들이 약속을 못 지킨다는 사실은 내 익히 알고 있었지만, 그대는 좀 다를 거라 믿었었는데. 나와의 약속을 무시하고도 무사히 이곳을 빠져나갈 수 있을 줄 알았던 거요?"

"나는 할 만큼 해줬어."

"약속이란 건 둘이 맺는 것이오. 어느 한쪽이 멋대로 끊어버리는 것은 도리가 아니지 않소? 게다가 다른 누구도 아닌 나와 한 약속을 어기다니, 고거 참 개탄할 만큼 어리석구려."

가희는 아직까지 성우를 결박하고 있는 소경에게 명령하였다.

"저자를 매화들이 창고에 가두거라. 섬의 여인을 훔쳐 달아나려 하다니, 그냥 둘 수 없는 일이다. 날이 밝거든 죄에 합당한 응징을 할 것이다."

그리고 그녀는 바닷바람에 머리가 헝클어진 월화를 바라보았다.

"내가 너를 과소평가하였구나. 그리 대담한 면이 있는 줄은 몰랐었는데. 허튼 생각은 집어치우고 집에 가서 쉬도록 하거라. 내일 매화들이에 오면 좋은 구경을 할 수 있을 터이니."

매화들이의 어두운 창고에 갇힌 성우는 밤새 다친 개처럼 부르짖었다. 그러나 도와주는 이는 아무도 없었다.

뜬눈으로 밤을 새운 다음 날, 소경들이 벌컥 문을 열고 들이

닥쳤다. 그들은 성우의 양쪽 팔을 잡고 질질 끌어 매화들이의 앞마당에 내동댕이쳤다.

"우리 여인을 납치하여 질서를 깨려 하고, 섬의 안전을 위협한 자가 여기에 있소."

가희는 늘 수영이 서 있던 툇마루 위에 높은 의자를 두고 앉아 있었다. 여인들은 밧줄에 묶이고 있는 성우를 보며 저희들끼리 무어라 쑥덕였다.

"지금부터 내가 시키는 일은 우리 모두를 위한 일이오. 사내들을 시켜 이자를 매우 치려 하는데, 혹 반대하는 사람이 있으면 어디 나서보시오."

그것은 제안이라기보다는 협박에 가까웠다. 여인들은 입을 다물었다. 가희가 턱짓을 하자 소경들이 두꺼운 나무 몽둥이를 들고 가까이로 다가왔다.

"일단, 월화를 위험에 빠뜨리려 한 데에 대한 벌이오."

그러자 가까운 곳에 서 있던 소경이 몽둥이를 휘둘러 성우의 등짝을 쳤다. 뼈가 으스러지고 살갗이 타오르는 것 같은 고통에 성우는 피가 날 만큼 세게 입술을 깨물었다. 여인의 무리 속에서 월화의 가느다란 흐느낌이 들려왔다. 그러나 그녀는 마당

가운데로 뛰어나와 성우를 감쌀 엄두까지는 내지 못하는 듯하였다. 가희가 성우의 잘못을 나열할 때마다 몽둥이가 쉬익 소리와 함께 허공을 가르며 날아왔고 그의 살점이 떨어져 나갔다. 죽을 만큼 후회할 거라는 매영의 말이 귓가에 웡웡 울렸다. 흙바닥에 쓰러진 채 정신이 가물가물해질 무렵.

여인들의 비명 소리와 함께 우왕좌왕하는 발걸음 소리가 들려왔다. 부옇게 일어난 흙먼지가 그의 콧속으로 빨려 들어왔다.

"감히 여기가 어디라고 드나드느냐!"

가희는 독이 오른 목소리로 소리쳤지만 그 말꼬리가 전에 없이 떨리고 있었다.

그녀는 매정하게 명령하였다. 눈을 감고 있는 성우의 코끝에 독한 지린내가 훅 끼쳤다. 뜨거운 것이 풀썩 성우의 등 위에 내려앉더니 그를 끌어안았다.

"계속 치거라!"

매정한 명령이 떨어졌다. 몽둥이질의 진동이 성우의 몸을 움칠하게 하였으나 이상하게도 통증이 느껴지질 않았다. 대신 가느다란 신음 소리가 귓가를 울렸다. 난데없이 뛰어들어 성우를 감싸 안은 것은 노파였다. 몽둥이는 노파의 몸 위로 가차 없이 내리쳐졌다. 성우는 그녀를 떨쳐낼 기운도 없었다. 괴로운 신음 소리가 잦아들고 뜨끈한 핏줄기가 성우의 뺨을 타고 흐를 무렵, 그는 간신히 몸을 일으켰다. 그 바람에 몽둥이는 노파의 머리통을 가격하였고, 그녀의 몸은 맥없이 바닥을 뒹굴었다. 노파는 두 눈을 부릅뜬 채 숨을 거두었다. 성우는 갑자기 벌어진 일 앞에 어찌 반응해야 할지 몰라 망연히 그녀의 죽은 얼굴을 내려다보았다. 순간, 성우의 입에서 쥐어짜는 듯한 비명이 비어져 나왔다. 땟국에 절은 노파의 주름진 얼굴이 서서히 젊은 여인의 그것으로 말끔해지고, 진물이 흐르던 두 눈은 비록 초점을 잃었으나 아름다움을 간직한 맑은 눈동자로 변하였다. 곱아 있던 시커먼 손은 어느샌가 희고 가느다란 손가락이 되어 있었다. 아직 혈색이 가시지 않은 붉은 입술. 그 얼굴은 성우의 품속에 담긴 그림 속의 주인공. 늘 꿈속에서 그에게 영문 모를 그리움을 불러일으키던 여인의 얼굴이었다.

"이게 무슨 귀신 놀음이냐!"

가희가 벌떡 일어서며 중얼거렸으나 그녀의 말을 듣는 여인은 아무도 없었다. 죽은 여인의 벌어진 입술 사이로 한 줄기 맑은 핏물이 흘러내렸다.

"돌아서면 하나가 죽고, 문을 두드리면 둘이 죽을 것이랬지! 이히히히!"

어디선가 나타난 매영이 어깨춤을 추며 성우와 여인의 주검 곁을 맴돌았다. 멀찍이 떨어진 곳에 수영이 서 있었다.

"처음엔 네 딸을 죽이더니 이젠 여편네를 죽였구나! 제 버릇은 개를 주지 못한다더니, 또 한 번 일을 쳤구나!"

매영이 알 수 없는 말을 노랫가락처럼 흥얼거렸다. 수영이 천천히 여인들의 중심으로 걸어 나왔다.

"보름달이 뜨는 밤에 남녀가 합궁을 하고 아이가 잉태되기를 바라면 여인은 배가 불러오기 마련이오. 그러나 그것은 이 섬에서 천벌을 받을 짓에 속하여, 여인은 아이를 낳자마자 쭈그렁 노파가 되고 사내는 제 세상에 되돌려진다오. 아이는 3일 안에 태어나고, 노파가 된 여인은 영원히 이곳 여인들로부터 잊히기 마련이지. 자네들이 할망구라며 멸시하던 자들은 하나같이 그대들과 다를 바 없는 이곳의 여인들이었소. 하지만 태어난 아이조차도 제 어머니를 알지 못하고 자신이 생겨난 사정을 알지 못하는바. 진실은 세 사람을 빼고는 아무도 기억하지 못하오."

수영은 비스듬히 웃으며 성우를 내려다보았다.

"나와 매영, 그리고 노파가 된 여인 자신뿐이지."

자욱한 안개가 매화들이의 호수로부터 뿜어져 나와 마당을 비롯한 섬 안으로 퍼져나가기 시작하였다.

"그대는 애초에 이곳에 와선 안 될 사내였소. 한번 섬에 발을 들였던 사내가 또다시 찾아온 일은 처음이었기에 나 또한 어찌 처사를 해야 할지 당황스러웠던 게 사실이오."

"다시, 라니?"

성우가 터진 입술을 달싹이며 물었다.

"아직도 모르겠소? 그대는 이미 이 섬에 한번 다녀간 적이 있는 사내요. 굳이 그대를 이 섬에 붙들어놓으려 했던 소향이 당신 딸아이였소!"

"그럼 이 여인은……."

성우가 무릎걸음으로 죽은 여인에게 다가가며 울음을 삼켰다. 수영은 대답이 없었다.

문득, 가슴이 미어질 듯한 고통과 함께 어딘가 봉인되어 있던 기억이 홍수처럼 머릿속에 범람해왔다. 연이, 라는 이름. 해사하던 웃음. 그녀와 함께 이 섬 곳곳에서 보냈던 꿈과 같던 나

날. 벼랑에서 추락하던 순간의 아뜩함.

도대체 이 섬에 찾아왔던 게 언제였던……. 하나의 기억이 그의 머리를 내리쳤다. 노교수의 집을 봐주던 날 저녁. 귀신에 홀린 듯 집을 나섰다가 발을 헛디디고 정신을 잃었던 그 순간. 다시 눈을 떴을 때 섬의 풀밭 위에 누워 있던 스스로의 모습이 거짓말처럼 떠올랐다.

바닥에 검은 점을 찍으며 약한 비가 내리기 시작했다. 잠잠하던 호수의 물이 흰 물보라를 일으키며 소용돌이쳤다.

"한바탕 비가 내린 뒤 개고 나면 이곳 여인들은 이 일에 대해 기억하지 못할 것이오. 비가 그치기 전에 저 호수 속으로 몸을 던지시오."

"이대로 갈 수는 없습니다."

"만에 하나 그대가 이곳의 기억을 간직하기를 간절히 바란다면 세월의 흔적을 품고 노인이 된 채로 제 세상에 가게 될 것이오. 그러니 첫 번째 왔던 때처럼 모든 것을 잊도록 하시오."

호수는 그의 입수를 재촉하듯 더욱 거세게 소용돌이쳤다. 소경 사내들이 다가와 그의 몸에 묶인 끈을 풀어주었다. 수영은 멍하니 연이의 시신을 바라보는 성우를 달래듯 말을 이었다.

"처음 왔을 때 당신은 연이와 배 속의 아이를 그리워해 소경이 되어 남아 있을 용기도, 그들에 대한 기억을 잊지 않을 간절함도 없이 되돌아갔잖소. 이제 연이와 소향이까지 죽었으니, 여기서 당신의 연은 끝났소. 되돌릴 수 없는 일에 대한 기억이란 한낱 꿈과 다를 바가 없지 않겠소? 예전처럼 망각을 택하면 마음의 고통도 덜 수 있을뿐더러 그대의 젊음을 그대로 유지할 수 있을 것이오."

빗줄기가 거세어졌다. 이미 흠뻑 젖은 여인들이 비를 피할 곳을 찾아 뿔뿔이 흩어졌다.

"자, 때가 되었소. 이제 그만 이곳을 떠나주시오."

수영이 단호히 말했다.

연이의 떠 있는 눈을 감겨주고 나지막이 흐느끼던 성우는 잠시 하늘을 바라보다, 비틀거리며 호숫가로 다가갔다. 그리고 수심을 헤아릴 수 없을 만큼 시커먼 소용돌이 속으로 몸을 내던졌다.

10

"제 이야기는 여기까지입니다."

국밥집 노인은 부채질을 멈춘 채 멍하니 늙은이가 하는 말을 듣고 있었다. 어느새 날이 밝아 가게 밖은 사방이 푸르스름했다.

"어째, 국밥값이 되었는지 모르겠군요."

늙은이는 부끄러운 듯 중얼거렸다. 주인 노인은 충분하다며 고개를 주억거렸다. 그러자 늙은이는 자리에서 일어나 앉아 있던 의자를 힘겹게 제자리에 돌려놓았다. 그가 가게 문을 열고 나가려는 순간, 주인 노인은 자신도 모르게 벌떡 일어서며 물었다.

"하나만 물어봅시다."

늙은이가 문손잡이를 잡은 채 그를 돌아보았다.

"그 일이 만약 사실이라면 말이오. 정말 젊음의 세월을 맞바꿀 만한 가치가 있는 기억이었소?"

늙은이는 씁쓸한 미소를 지었다.

"그 기억은 가치가 아니라 죄의식입니다."

주인 노인은 그가 나갈까 봐 조바심이 들어 황급히 다른 질문을 던졌다.

"그 그림 속의 여인은 월화요, 연이요?"

늙은이의 고개가 조금 기울어졌다. 잠시 후 다시 주인 노인을 바라보는 그의 입에서는 질문과는 영 다른 대답이 돌아왔다.

"어쩌면 어르신도 그 섬에 다녀온 적이 있을지 모릅니다. 다만, 기억하지 못할 뿐인지도요."

말을 마친 늙은이는 가게를 나섰다. 주인 노인은 카운터에서 나와 문을 열고 그의 뒷모습을 바라보았다. 무엇인가 더 묻고 싶은 말들이 많았으나 어찌 된 영문인지 입이 떼어지질 않았다. 늙은이는 어슴푸레한 텅 빈 거리를 천천히 나아갔다. 그의 모습이 모퉁이를 돌아 사라질 때까지 주인 노인은 오랫동안 제 자리에서 걸음을 떼지 못하였다.

작가의 말

마지막이 어떠하였는가를 떠나, 추억할 만한 가치가 있는 사랑이 있는 건 축복이다.

이 글을 쓸 당시에 나는 정신이 아득할 정도로 즐거운 사랑에 빠져 있었고, 감자의 새파란 싹처럼 독기를 품고 이별을 했다. 당시에는 되도록 빠르게 그와의 기억들을 지우려 했었다. 그러나 지금에 와 생각해보면 웃고 울던 모든 순간들이 곧 영롱하게 빛나던 내 20대였던 것 같다. 애잔한 노래를 들을 때 생각할 수 있는 사람이 있기에 나는 메마르지 않을 수 있다.

문학이 죽었다느니 문단이 무너졌다느니 자극적인 말들이

많이 나오는 요즘이다. 말이 씨가 된다고, 이토록 지나친 비난은 여전히 힘차게 숨 쉬고 있는 문학의 숨통마저 조일지 모른다. 근거 있는 비평은 필요하지만 지나친 비관이나 절망적인 수식어들은 지금의 과도기에 아무런 도움도 되지 않는다. 출판계나 문단 또한 우리 사회를 이루고 있는 일부분이다. 어려운 시기를 대면했다는 이유로 그저 내치고 외면해버리기만 한다면 궁극적으로 추구해야 할 발전은 불가능할 것이다. 책을 아끼고 사랑한다면 맥 빠지는 비난보다는 이러한 시기를 어떻게 극복할 것인가를 연구해보는 게 더 이상적일 거라 생각한다.

나무옆의자와는 우연으로 만나 인연이 된 경우다. 참 소중한 인연이다. 출판사에 고마운 마음을 전한다.

나는 책을 읽기 전에 '작가의 말'을 먼저 읽는 편인데, 만일 이 책을 펼친 독자분도 그러하다면 이제 책을 돌려 맨 앞장을 펼쳐주었으면 좋겠다. 내가 썼지만 이번 책 참 재미있다.

ROMAN COLLECTION 005

미인도

초판 1쇄 인쇄 2015년 8월 27일
초판 1쇄 발행 2015년 8월 31일

지은이 전아리
펴낸이 이수철
주 간 신승철
편 집 정사라, 최장욱
교 정 하지순
마케팅 정범용
관 리 전수연

펴낸곳 나무옆의자
출판등록 제396-2013-000037호
주소 서울시 용산구 한강대로 109 용성비즈텔 802호(04376)
전화 02) 790-6630 팩스 02) 718-5752

페이스북 www.facebook.com/namubench9
카페 cafe.naver.com/namubench
인쇄 제본 현문자현 종이 월드페이퍼

ISBN 979-11-86748-03-9 04810
979-11-86748-04-6 04810 (세트)

* 나무옆의자는 출판인쇄그룹 현문의 자회사입니다.
* 잘못된 책은 바꿔드립니다.
* 책값은 뒤표지에 표시되어 있습니다.

* 이 도서의 국립중앙도서관 출판예정도서목록(CIP)은 서지정보유통지원시스템
홈페이지(http://seoji.nl.go.kr)와 국가자료공동목록시스템(http://www.nl.go.kr/kolisnet)에서
이용하실 수 있습니다. (CIP제어번호 : CIP2015020480)